Herrie op die ou tremspoor

Deur dieselfde skrywer:
Sonde met die bure
Loeloeraai
Kootjie Totjie

Herrie op die ou tremspoor

C.J. Langenhoven

PROTEA BOEKHUIS
PRETORIA
2009

Herrie op die ou tremspoor – C.J. Langenhoven
Eerste uitgawe, eerste druk in 1925 deur Tafelberg
Eerste uitgawe, drie en twintigste druk in 1973 deur Tafelberg
Eerste sagtebanduitgawe, eerste druk in 1990 deur Tafelberg
Tweede sagtebanduitgawe, eerste druk in 2009 deur Protea Boekhuis

Posbus 35110, Menlopark, 0102
Burnettstraat 1067, Hatfield, Pretoria
Minnistraat 8, Clydesdale, Pretoria
protea@intekom.co.za
www.proteaboekhuis.co.za

Redakteur: Iolandi Pool
Bandontwerp: Hanli Deysel
Voorplatfoto: Gallo Images / Getty Images
Bladuitleg en ontwerp: Ada Radford
Tipografie: 11 op 13 pt Palatino Linotype
Gedruk en gebind: Creda, Kaapstad

ISBN 978-1-86919-327-0

Redaksionele nota

Pejoratiewe is onveranderd gelaat en die bedoeling is nie om hierdeur aanstoot te gee nie, maar om die teks se outentisiteit te bewaar. Spelling en leestekens is nie gemoderniseer nie.

Engelae, filiae meae, salutem!

Unicum, o carissima, corporis mei natum es. Alios quidem ex animo liberos nonnullos procreavi. Quorum ingenia permulta mala unde deducta sint scienter notum exploratumque est mihi, meipsum per vitam longam cognoscenti. De bonis autem partibus eorum raris rationem afferre non possum. De avia tua matre mea, de matre tua amicissima mea, de filia mea te ipsa, de permultis aliis, vivis ac mortuis, afflatus quorum non ego dignus ad me pervaserunt, nec inter eos distinguere possum ut cuique suum tribuam. Hoc autem puellum (extra mala!) tuum solum est, a litera prima usque ad ultimam in oculis tuis creatum, coram te pedetentim natum. Cape igitur quod jam ab initio tuum: filium proprium, patris nepotem, sicut non alienum adopta! Simul autem accipe, o Engela, quod similiter omnino semper tuum: caritatem patris tui, C. J. Langenhoven.

Postscriptum. Eruditionem in capitibus sequentibus expositam, hic celare non deceret: doctoraturus te saluto. Cura ut valeas!

Trem-Lied

Herrie, pasop – daar's goed in die pad:
Moenie laat stamp nie, trap hulle plat –
Dooi bure agter en bang bure voor;
Herrie met die slurp op die óú tremspóor –
Herrie op die óú tremspóor.

Vroutjie voel lekker en ek voel sleg,
Engela hou maar die modes reg
Modes van agter en skuld van voor,
Herrie met die slurp op die óú tremspóor –
Herrie op die óú tremspóor.

Vroutjie agter en Engela voor,
Engela agter en Vroutjie voor –
Neelsie daar tussenin wurg en smoor;
Herrie met die slurp op die óú tremspóor –
Herrie op die óú tremspóor.

Swaar om van sonde met die bure te vlug
Met die las van 'n vrou en 'n kind op jou rug;
Maar Herrie en Jakhals glimlag voor –
Herrie met die slurp op die óú tremspóor
Herrie op die óú tremspóor.

Al voel die ou wêreld hoe swaar vir jou,
  En buite en binne is nag,
Ergens-waar tóg staan daar klaar vir jou
  'n Lamp vir jou lig en wag:
Jou sug maak die sonneskyn swaar vir jou,
  Jou glimlag stráál deur die nag.

"Lag en die wêreld lag saam met jou,
  Huil en jy huil alleen."
Laat 'n glimlag kyk deur die raam met jou,
  Met 'n traan vir wie buite ween –
Maar drá daardie glimlag saam met jou,
  Of jy dra net verdriet alleen.

Daar's 'n stryd om te stry en daar's leed om te dra –
  Edens vloek rus op niemand sag;
Maar God verwag helde wat weet om te dra,
  Soos Sy sterre wat glim in die nag:
Die vloek seën alwie, gereed om te dra,
  Met blymoed op Gods wil wag.

Herrie op die ou tremspoor

C.J. Langenhoven

'n Vervolg
op
Sonde met die Bure
deur
Sagmoedige Neelsie

Opdrag en oordrag

As ek die wet op die punt reg onthou, dan het 'n eie, handige wilsbeskikking ten gunste van 'n kind van die beskikker, geen getuies nodig nie. Volgens dieselfde beginsel sal 'n eiehandige groet dan seker geen openbaarmaking nodig hê nie. Wat daar by wyse van opdrag te sê is, is dus op die gewone manier VERTROUELIK op die skutblad geskryf. Dit sal ander lesers wel nie interesseer nie. My moderne dogter sal die verouderde vorm vergewe en die taalfoute van 'n verouderde geheue.

Maar al is sy ook hoe modern, en sy ís dit, hierdie boekie, al is hy ook hoe ouderwets, en hy ís dit, is hare, om redes wat ek VERTROUELIK meedeel in die gemelde holograaf. Daarom, as 'n blote in die reg vereiste vorm, dra ek hierby die kopiereg oor aan die daarop beregtigde, mejuffrou Margarita Rachel Engela Langenhoven, MITS geen verandering, byvoeging of verkorting by herdrukke sal gemaak word nie, nóg uittreksels afgestaan word nie, anders as met my uitdruklike toestemming of die van my administrateurs ná my dood.

Uit die opbrings van die kopiereg sal mej. L. wel nou en dan, as dit nie net juis vir 'n geleentheid is nie, 'n stukkie klere kan koop. Of dit 'n gewigtige verskil sal maak aan my toekomstige skuldondernemings (lees 'n koppelteken tussen die d en die o), is betwyfelbaar. Sy is modern genoeg om te verkort by die anderhalf voet, maar ouderwets genoeg om te vermenigvuldig by die morg. (Ek hoop die orige leser het nie meer as een dogter te veel nie.)

Voorwoord

1. Daar is nie 'n fout te bedink nie – spelfout, taalfout, stylfout, smaakfout, kunsfout, drukfout, eenvoud – of hierdie boek wemel daarvan. As jy my nie wil glo nie, lees hom en oortuig jouself. As jy jou eie oë nie wil glo nie, vra die veertig-jaar-verslaapte tagtigers.
2. Soos op die titelblad aangedui, is hierdie verhaal 'n vervolg op "Sonde met die Bure". Ek wou hom genoem het "Verder Sonde met die Bure", maar dan sou ek verder sonde gehad het met Stellenbosch. Die volgende telegramwisseling sou plaasgevind het:

Van Universiteit Stellenbosch
Aan Sagmoedige Neelsie Oudtshoorn

Ons verneem dat u nuwe boek in die Pers het te word getitel *Verder Sonde met die Bure* stop hierdie titel klaarblyklike oortreding ons kopiereg vorige boek stop tensy u dadelik onderneem beoogde titel te verander sal ons verplig wees aansoek te doen hooggeregshof interdik

Van Sagmoedige Neelsie
Aan Universiteit Stellenbosch

Stop slaap gerus stop persoonlik ek niks bang julle dreiemente nie maar Vroutjie kies altyd kant van my teëparty stop onder haar verbod nie julle s'n nie sal ek titel verander tot my verdriet en onreg stop daar makeer twee drie omme uit julle telegram stop hoop weglating te wyte aan nuwe gesonde spaarsaamheidsgevoel en nie aan ou gebrekkige taalgevoel nie stop

3. Daar is meer dinge wat ek graag sou gesê het.

SAGMOEDIGE NEELSIE
Oudtshoorn
Junie 1925

Inhoud

1

Ontmoeting met 'n dominee

Soos die skerpsinnige leser sal sien, en hy sal ook die rede daarvoor sien, is hierdie eerste hoofstuk die laaste geskryf.

Terwyl ek hier 'n staaltjie van 'n dominee wil vertel, val dit my by dat 'n sekere ander dominee beswaar maak teen my afkeurenswaardige misbruik van die woord "sonde", in die sin van ergernis of moeilikheid, in die titel van die boek "Sonde met die Bure".

Die dominee het baie ernstig daaroor gepraat in die loop van 'n preek, en toe hy sien die gemeente probeer om nie te glimlag nie, word hy nog ernstiger.

Ek is baie jammer, maar teen hierdie beswaar van die dominee moet ek beswaar maak. Ek sien net so min kans om die gemelde algemene Afrikaanse idioom deur my vermyding daarvan afgeskaf te kry, as wat ek kans sien dat die dominee die regtige soorte sonde deur sy vermyding daarvan afgeskaf sal kry.

Dominee, asseblief tog, moenie sonde soek nie.

Tot sovér hieroor. Ek vervat.

Toe ek laaste so siek was van die griep –

Nee, leser, moenie die boek neergooi nie, nie nou al nie. Dis geen beskrywing van my menigvuldige persoonlike kwale en gebreke hierdie nie. Daar is sekere dinge waaroor 'n verstandige man nie te koop loop nie – sy liggaamlike en geestelike tekortkomings, sy siekte, sy skuld, sy kwaad. Hy weet ander mense is nie begaan om daarvan te hoor nie; hulle het genoeg van hulle eie. –

Toe ek laaste so siek was kom Ds. B. my in die kooi besoek. Ek hoef nie sy naam te melde nie; dit sal uit die beskrywing volg. Nog ook is dit oorbodig om by te voeg dat hy nie óns gemeente se dominee is nie. Hy was hier om gedurende 'n nodige tydelike afwesigheid van die plaaslike leraar ons kerkdienste waar te neem. Hy is 'n onvermoeide yweraar en hy sien vir baie dinge kans. Daarom het hy my kom besoek.

"Dominee," sê ek, toe hy my gegroet het en voor hy op die kooi sitting geneem het, "ek kan jou nooit sê hoe innig-lik my hart verheug voel dat jy hier by my huis aangekom het nie."

"Ja, broeder. Dat is vriendelik van u."

Ds. B. praat nog Hooghollands – dit wil sê 'n sonderlinge vorm van sewentiende-eeuse skryftalige Hooghollands wat geen Hollander praat nie en geen ander lewende siel op aarde ook nie buiten ds. B. en sy koster.

"Ja, Dominee. Ek is baie bly en baie dankbaar dat u – ek sal my bes doen om te sê u, en as ek deur ongewoonte en met my kop nes 'n miershoop van die griep, nou en dan met 'n ongeluk afklap, vergewe my dan tog – dat u hier is. Ek verseker u, Vroutjie het 'n herderlike besoek baie nodig. My ligdogter Engela net so. Die een is swaarsinnig, die ander ligsinnig, terwyl ek tydelik swaksinnig is en ontoerekenbaar. U kan hulle een vir een, of saam as dit geen verskil maak nie, na die voorkamer neem."

"Broeder, dat is goed en wel. Maar ik ben vandaag naar u gekomen."

"'M. Dominee, het jy – ek meen u – het u al ooit gehoor van ou Agús Jafta?"

"Neen. Van die broeder kan ik mij niet herinneren ooit te hebben gehoord."

"Nie 'n broer nie, Dominee, of anders is ék nie 'n broer nie. Hy was 'n ou jong – nog van die vanmelewe se deugsame ou skepsels, Dominee, wat nie deur die skole bederf was nie – 'n ou jong wat jare lank op my vader se plaas in 'n strooihuis gewoon het. Ou meid gehad met die naam van Katrein, deeglike wasmeid. Nou ja, Dominee, ou Agús het dan ouer en ouer geword; en die strooihuis het ouer en ouer geword. Die fluitjiesriet en pypsteel het begin te vrot en die dak was naderhand die ene gate. Ou Katrein kom gedurig by die ounooi kla en die ounooi kla by die oubaas, maar hoe Pappie ook te kere gaan met Agús, hy kan hom nie sovér kry om sy pondok te dek nie. As Pappie praat wanneer dit reën, dan sê Agús: 'Basie, maar dis mos te nat vandag.' As Pappie wag tot dit mooiweer is, dan sê Agús: 'Basie, maar dis mos onnodig – die dak lek nie vandag nie.'"

Ek stop. Die Dominee kyk my met twyfel aan of ek nie yl van die siekte nie. Uit verleentheid sê hy naderhand: "Ja, broeder?"

"Ja, Dominee, so waar as ek hier lê. Maar ek het gedog Dominee sou die toepassing sien – 'n predikant is mos self gewénd om vergelykings te maak. Dominee, ek is nes daardie ou pondok, sinnebeeldig gesproke. Ek het vernuwing nodig. Ek weet dit, ek erken dit. En Dominee is nie soos ou Agús Jafta, onwillig nie: Jy wil aan die werk gaan, jy wil reparasies aanbring. Dis goed, dis lofwaardig. Maar jy kom om op die reëndag te dek. Het ek gesê jy? Ek meen u. U moes aan my kom arbei het in die mooiweer, op die dag van sonskyn en welvaart, toe ek gesond was. Of wag tot ek weer gesond is. Vroutjie en Engela is gesond."

Ek dog om die dominee, omdat ons vreemd was vir mekaar, en hy voel seker maar verbouereerderig nes ek, op sy gemak te kry met 'n grappie. Maar hy wys nie 'n trekkie van 'n glimlag nie. In stede daarvan word die uitdrukking op sy gesig donkerder en pynliker.

Hier hoop ek sal dit my nie kwalik geneem word nie as ek, tussen hakies, 'n getuienis aflê. Ek ken die meeste van ons Hollandse predikante, en tot my eer en voorreg. Hulle neem hulle ernstige roeping ernstig op. En daarvoor kan ons die liewe Here dank, want hulle dra nog vandag, en hulle sal nog in die toekoms dra, soos hulle in die verlede gedra het, die pand van die behoud van ons volk. Hulle lê op geen bed van rose nie; hulle werk is swaar en verantwoordelik; en na die stoflike verseker ons hulle nie die vryheid van sorg en wêreldlike las volgens die maat wat hulle arbeid en opleiding werd is nie. Daarby dra hulle die leed, as deel van hulle diens, dat hulle gedurig voor oë moet hê die donker plekke en modderplekke van die arme ou wêreld, en dat hulle met al hulle worsteling nie kan sien dat hulle merkbare verligting en reiniging teweegbring nie. Maar onder al hierdie swaar en hartseer is ons gewénd om hulle gesigte te sien straal van blymoed en liefde. In hulle handdruk is daar vir die moedelose nuwe krag en hoop; waar hulle die siekhuis of die treurhuis binnetree, is daar in hulle voorkomste al genesing en troos. Hulle vertrap die gevallene nie, gedagtig aan die sondaarsliefde van hulle Meester. Gelukkig die volk wat met daardie gehalte van geestelike voorgangers geseën is.

Maar ag, die liewe goeie stomme ds. B. is suur gebore en suur sal hy sterwe. Ek veroordeel hom nie, dis sy geaardheid en sy eerlike pligsopvatting. Hy is tot die alleronmoontlikste uiterste toe ernstig en ywerig. Maar hy trek niemand aan nie buiten die eiegeregtiges wat hulle lewe deurbring met God te dank dat hulle nie soos die tollenaars is nie. Nie daardie tollenaars trek hy aan en die sondaars, die weemoediges en wanhopiges en swaar geteisterdes en gevallenes nie – hulle wat juis 'n reddende liefdehand nodig het. Hy skrik hulle af. En wat die onsydiges en onverskilliges betref, hy is 'n swak advertensie vir die weg der saligheid ...

Ek kan my nie voorstel dat Jesus ooit hard gelag het nie. Maar as ek, hoe ook met sidderende ontsag, sy gesig in my verbeelding sien, sien ek daar altyd 'n glimlag op ...

"Broeder," antwoord ds. B., "u spreekt daar van wanneer u weer hersteld zult zijn. Maar zeg eens dat u niet herstelt? U kunt sterven."

"Dit kan ons almal, Dominee, die slegste van ons en die beste van ons. En nie net kan nie maar sal. Dominee, ek wil nie onbeleef wees nie, maar ek voel bitterlik siek; en die dokter het strenge las gegee dat ek nie baie moet praat nie en dat ek onder geen omstandighede gepla of soos hy dit noem (hy is 'n Engelserige dokter) 'geworrie' moet word nie. My arme ou hart dwing maar nog altyd om te hendsop."

Ek draai na die tafel voor die kooi en ek tel 'n pakkie sigarette op. Ek was net onstuimig al en ek wou 'n middel soek om tot bedaring te kom. Ek presenteer een aan die dominee.

"Broeder, ik rook niet." Hy sê dit op 'n toon asof ek hom gevra het om te dans.

Ek steek self op en ek begin te rook.

"Broeder, u rookt nog, en u klaagt zoëven over uw hart ..."

"Ja, Dominee. My hart en my kop en my rug en my bors en al wat ek het. En ek voel sleg, sleg, sleg, nes 'n dooi mens as dié kon voel. Ek hoop nie Dominee sal hier aansteek vandag nie. Griep is 'n ellendige ding."

"'n Ellendig ding? 'Tis 'n beproeving, 'n vermaning, 'n waarschuwing; ja, het kan zijn 'n kastijding."

"Ja, Dominee, brandsiekte ook. Maar ons dip darem om die luis dood te kry."

Van hierdie punt af het die gesprek 'n meer en meer onbevredigende wending geneem – vir albei van ons. Daardie deel vertel ek maar nie hier oor nie; dit sou lyk of ek die spot wil dryf met my besoeker se erns. En dit is nie so nie, want sy erns was opreg.

Die dominee staan op. "Broeder, ik ga van hier met droefheid."

"Ja, Dominee, en jy laat min opgeruimdheid agter. Jy het my kom besoek in my siekte en dit was lief van jou, want jou bedoeling was goed. Maar dis tyd dat iemand by jóú huisbesoek doen en jou leer hoe om met 'n siek mens te werk te gaan. Jy het geen vrede hier gebring nie; jy het geen troos hier gebring nie. In plaas van sonneskyn het jy skaduwees gebring; in plaas van engele, spoke. Nie eens simpatie het ek van jou gekry nie – en die was goedkoop genoeg om te gee – maar vermaning. Wanneer my dae donker is soos vandag, Dominee, moet mense van jóú soort nie na my toe kom nie. Julle weet nie watter behandeling vir my goed is nie. Regtig, Dominee, julle maak my nie fris nie, julle maak my dood. En dan sal julle julle met 'n klomp lang gesigte op my begrafnis kom verheug oor my waarskynlike bestemming."

Daarop is die dominee onverrigtersake daar uit om met Vroutjie te gaan praat. Nie oor haar belange nie, maar oor myne. En toe hy weg is, het sy weer met my kom praat. Ook nie oor haar belange nie, buiten haar belang in my.

Ek was verplig om Engela te roep om my hond Jakhals in die kamer te bring en my olifant Herrie voor die venster om by die stomme redelose diere troos en medelye te soek. Ek, arme ding, wat daar siek lê.

Nou hierdie voorvalletjie het ek vertel by wyse van 'n vergelyking. In die reeds genoemde vorige boek het ek my leed gekla oor die sonde en ergernis wat ek van my bure het, dinkende om tog simpatie te kry. Maar van al die duisende lesers van *Sonde met die Bure*, het daar een na my toe gekom, of aan my geskryf, om te sê "Neelsie, ek is jammer vir jou oor jy dit so swaar kry"? Nie een enkele nie. Soos in my siekte het ek in plaas van simpatie niks as vermanings gekry nie: "Uilspieël sê al die mense haat hom, maar hy maak daarna." Daardie soort ding.

Maar ek het nou met die skryf van hierdie verhaal maar weer geprobeer. In die vier jaar wat verloop is sedert die verskyning van daardie eerste klaaglied van my het ek niks as verder sonde met die bure gehad nie en vervolging van hulle ondergaan. En ook nie net van die bure nie. En daarvan – nie van alles nie, maar so 'n klein stukkie – het ek 'n beskrywing gemaak, en dis dié wat die leser nou hier in sy hande het. Sal jy nou, na dese, beweeg word tot medelye, leser?

Ek twyfel. Ja, ek twyfel so sterk dat ek nie weet waarvoor ek nog die beroep ad misericordia uitgee nie. Want ek het dit op die proef gestel, 'n strenge proef.

Nadat ek uit die ellende van die griepbed opgestaan het, het ek die boek geskryf. En met alles en alles 'n mate van troos by die skryf gevind. Want om aan te hou om te karring oor 'n grief is ook al iets. Waarlik, aan die troos had ek behoefte. Griep is 'n onbeskofte, onhebbelike siekte. Van 'n ander siekte gaan jy dood of jy word weer fris. As jy van griep herstel, is jy eers siek. Daarom gaan die meeste lyers dood nadat hulle opgestaan het. Het jy al oor 'n kruiwa geval, leser? Neem my raad, as jy dan moet val, val oor enige ander ding, oor 'n wal, of 'n hond, of oor jou eie voete, en kry klaar met val. So, reeds opgestaan maar nog aanhoudend vallende en rollende, met steeds vernude kneuste aan liggaam en siel, het ek in wat hier volg enkele van my klagtes en griewe opgeteken.

Maar ek sê ek het die boek op die proef gestel. Om oorsake wat ek nie hier hoef uiteen te sit nie, het dit so gekom dat ds. B. 'n paar maande langer hier moes bly as wat die oorspronklike plan was. Terwyl hy dan 'n vreemdeling was, en omdat my gewete my maar, ek weet nie met watter billikheid nie, gedwing het om te knaag oor die manier waarop ek die dominee by sy krankebesoek ontvang het, dog ek ek sou hom nooi om een aand by my huis deur te bring.

Vroutjie se maters is dood om 'n tafel kos klaar te maak en die dominee het sy ete wonderlik geniet vir 'n man wat so min aantrekking voel van wêreldse dinge.

Na ete, en nadat hy vir ons die huisgodsdiens waargeneem het, sit ons om die kaggel by die vuur. Ons gesels wou maar nie vlot stryk nie. Die dominee is maar eens te ernstig vir my. Nie dat ek van geaardheid ligsinnig is nie, nog minder, bewaar jou siel, dat my omgewing my daartoe neig; maar daar groei mos tog darem blommetjies ook op die ou wêreld en daar is mos 'n sonnetjie wat skyn en windjies wat fluit om die blaartjies te laat dans en lammertjies wat huppel en bekies wat lag en voëltjies wat vry. Die liewe God het ons nie in 'n lanferwêreld gesit nie.

En toe dog ek, wag. As daar een ewemens op aarde is wat sal huil oor my treurige ondervindings, dan is dit hierdie liewe man wat reeds vanself al so miesrawel is. Ek haal my manuskrip, hierdie einste manuskrip, die hoofstukke hiervandaan verder, haal ek te voorskyn en ek begin vir die dominee voor te lees, stellig verwagtende dat ek nie vér sou gevorder het nie voor hy in trane uitbars.

Huil? Die dominee gaan aan 't lag. En hy lag en hy lag, en hy rol en hy skree. "Ga-a-ga-ga-gaggag-help, help, ik ga sterven." Vroutjie moes hom laaf.

Dat hy so gelag het, as daar iets was om oor te lag, kon ek verstaan. Hy was ongeoefend; dit was die eerste lag van sy lewe. Daar was 'n groot dam om te breek.

Maar hieroor? Oor my onreg en verdriet? Ek het meer aanstoot geneem van die lag as van die voorgaande surigheid. As ek nóú die dominee in die straat verbyloop, glimlag hy. En dan is dit ek wat suur is. Ek het meer daarvan gehou toe hy suur was en ek vrindelik.

Leser, ek het my griewe vir jou geskryf om simpatie by jou te soek. Moenie so maak soos ds. B. om te huil waar jy moet lag en te lag waar jy moet huil nie. Lees hierdie boek en gun 'n traantjie aan die meedeling van my trawalle.

Op Pappie se plaas was daar 'n diep walsloot. Ek moet 'n drie, vier jaar oud gewees het, toe sien ek kans om oor te spring, om te kan spog. Ek spring. Kapoef. Sopnat kom ek by die huis, bitterlik wenende. Daar was tantes op besoek by Mammie. Ek dog ja, vandag ontvang ek vermenigvuldigde bejammering. Mammie en die vreemde tantes bars uit van die lag.

Pappie had 'n vertroubare ou jong, Julie Uithaler. Kwaai met ons kinders; ek kon hom nie verdra nie. Eendag toe Pappie weg was, gee ou Julie my 'n pak. Toe Pappie tuiskom, kon ek skaars groet voor ek begin te kla. En klaende raak ek weer aan die huil. "Kegneels," sê Pappie, dis of ek hom nóú hoor, "Kegneels, as ou Julie sy hande aan jou gesit het, my kind ..."

"Ja, hy het, Pappie; hy het; boe-hoe-oe-oe ..."

"Dan het jy dit sekeg vegdien. Ek hoop jy het dit tegdeë gevoel."

Só gaan dit nog altyd met my, tot vandag toe.

Elke mens het maar sy besonderse smaak en voorkeur, en elke leser is nie ewe versot op digwerke nie. Ek vind self meer genoeë daarin om te dig as om my tyd aan ander digters se voortbringsels op te offer. Veral wanneer ek baie hartseer voel oor die twis en tweedrag waarin ek gedurig gesleep word, en ek kan by niemand troos kry nie, maar net verwyte en vermanings en leedvermaak, en die laaste een is partydig vir my teëparty, dan soek my siel verligting in 'n versie. Dis of die reëlmatige slae van die versmaat en die herhalings van die rym, 'n wrekende teruggalm is van die stampe en stote wat ek gekry het. Só het die ernstige dominee se ongebruiklike ligvaardigheid die volgende hartverskeurende gedig uit my uitgepers. Die leser moet dit sing as hy die diepte daarvan wil deurgrond:

Die simpatie van siembamba

1.
Mamma se kindjie, siembamba!
Goedkoop genoeg is dit tog om te gee,
gering genoeg is dit tog wat ek vra,
simpatie net en niks meer nie, nee –
simpatie net vir die las wat ek dra:
van sonde met die bure, siembamba.

Refrein
Siembamba, siembamba!
Bure se sonde is swaar om te dra;
Mamma se kindjie, siembamba.

2.
Bure se buurman, siembamba!
Almal die laaste een haat vir my,
en waar ek my nood en my jammer ook kla,
is oral die enigste troos wat ek kry:
"Ja, Neelsie, dis waar, maar jy maak daarna:
Troos jou maar self met siembamba."

Refrein
Siembamba, siembamba!
Bure se buurskap is swaar om te dra,
maar swaarder die troos van siembamba.

3.
Vroutjie se Ouman, siembamba!
Draai hom die nek om, gooi hom in die sloot,
trap hom op sy kop – nee, soetjies, nou ja
draai hom die rug om, trek hom oor jou skoot –
Vroutjie se Ouman is bang om te kla,
want sy maak hom stil met siembamba.

Refrein
Siembamba, siembamba!
Vroutjie se liefde is swaar om te dra,
maar swaarder nog haar siembamba.

2

Ontmoeting met 'n konstabel

Die trawalle waarvan hierdie boek 'n floue voorstelling gee, was in grote maat die uitvloeisel van Vroutjie se verkeerdigheid. Ek vind altyd, wanneer teëspoed my tref en ek loop agteruit op die spore van die oorsaak, dat dit geen ongeluk is nie, maar daar was ergens iemand wat gedoen het wat hy moes laat bly het of versuim het wat hy moes gedoen het. Of sy.

Sedert ons dae van weelde waarvan my vorige boek melding maak, verby is, moet ons ons maar almal stiller gedra. En ek is gewillig om dit te doen ook, ek is nie begaan oor luidrugtigheid nie. Van die oortolligheid van daardie tyd het ek darem soveel oorgehou – al my bure nie, hulle het te woes aangegaan – maar ek kan nog my huisgesin aan die lewe hou solank as ons nie buitensporig aangaan nie. Waarom moet ek my dan moeg maak?

Maar Vroutjie het ambisie en 'n rustelose gees. Sy wil maar altyd woel. En veral vir my sien woel. Ek moet geld verdien – waarvoor, bid ek jou? – ek moet worstel en spook en te kere gaan. Moenie glo dat sy ooit tot bedaring kom nie. As daar niks te doen is nie, kry sy nie lus om te gaan stilsit nie; sy soek iets om te breek en weer heel te maak. En dan kan sy my rustige kalmte nie verdra nie. Neem dit glo vir 'n stilswygende verwyt. Ek moet dan nie my dae met ledigheid verslyt nie.

Só het sy gekarring aan my tot ek verplig was om van my rusbank af op te staan en rond te kyk om werk te soek. Ek dog ek sou van bo af begin en aanhou met sak as dit nodig mog wees. Want soek 'n mens van onder af, dan bind jy jou miskien vas met 'n taak wat nie jou bekwaamheid werd is nie, terwyl 'n waardiger betrekking daarbo deur jou mindere opgevul word.

"Ja," sê sy, eenmaal instemmend, "ek dink ook die regering skuld jou 'n goed besoldigde pos. Dis die minste om van hulle te verwag ná wat jy vir hulle gedoen het by die algemene verkiesing. Ons het nou wel die sesessie laat vaar – en die Engelse is die josie in daaroor, want nou bly daar soveel minder dinge vir hulle om oor rusie te maak – maar die beginsel is mos nou darem vasgestel dat ons in die toekoms ons eie goewerneurs sal benoem. En as dit te lank duur voor hierdie een aftree, daar moet binnekort 'n administrateur aangestel word vir Duitswes en nog een vir die Kaapprovinsie."

Daarop het ek die volgende telegram weggestuur:

Van
Sagmoedige Neelsie

Aan generaal Hertzog
Pretoria

Stop dringend stop ek kom stop beleg kabinetsvergadering naas-oormôre op aankoms trein sesuur oggend stop hou goewerneurskap en administrateurskappe oop stop alles wel stop groete stop

Toe ek die oggend op Pretoria se stasie uit die trein stap, was dit vir my snaaks stil. Amptenare met uniforme hardloop op en af op die platform, skree-skree. Maar geeneen kon ek hoor skree "Neelsie" nie; al wat ek kon uitmaak, was verskillende hotelname.

Ek huur vir my 'n teksie en ek jaag op na die Uniegebou toe. Toe ek daar kom, is alles doodstil. Daar is nie 'n sterweling nie, behalwe 'n konstabel wat gestaan en slaap het en van my aankoms wakker skrik en sy oë met suspisie ooprek toe ek aan een van die groot voordeure klop met my knopkierie.

Van my treurige ervarings met my kastige Nasionale regering sal ek maar niks sê nie. Ek is 'n getroue partyman – anders waar wil ek heen? Dan moet ek 'n Sap word, en dan liewer dood – en ek wil nie van my kant af in die minste die oorsaak wees om die regering te verongeluk en die party aan flenters te skeur nie; al is ek hoe skandelik behandel. Al wat ek wil doen is om twee opmerkings te maak.

En die eerste is dit. Die hoogste kuns van die staatsmanskap bestaan in mensekennis. Geen regering kan self 'n land administreer nie. Hy moet mense daarvoor uitsoek. En hy moet weet wie om uit te soek. Nie elke die eerste die beste janrap wat vir politieke dienste moet beloon word, of wat dreig om agterop te skop en dus onskadelik gemaak moet word nie. Dan gaan die land ten gronde. Ek sien 'n donker vooruitsig vir ons.

En die tweede opmerking wat ek wil maak, is dit. Die laaste een wil nou goewermentsjoppies en possies hê. Pensioene en konsessies en sinekure. Staatsparasiete en plekjagters. Teerders op die korrupte buitstelsel. En wie moet werk? Ek? Dis 'n skandaal. Ons is vinnig besig om te ontaard.

Met bitterheid en angs, want ek wis goed ek sou die skuld van die mislukking kry, het ek huis toe getelegrafeer:

Aan
Mevrou Neelsie
Arbeidsgenot
Oudtshoorn

Stop geen pos gekry nie stop nie eens lugpos nie stop alle betrekkings van goewerneur af tot kantooruitveër Dysselsdorp opgevul met niksnutte kalfakters snuiters en japsnoete stop verder ontelbare menigte wat staan en wag vir voriges om dood te gaan stop nie eens vermorste treingeld teruggekry nie stop fris maar vies stop hoop Vroutjie Engela Herrie en Jakhals wel stop liefde stop

Toe ek weer by die huis kom, staan Herrie en Jakhals, my olifant en my hond, voor by die hek om my te verwelkom. Vroutjie wou my skaars groet. Die heel dag deur was sy nukkerig. Nie 'n woord gepraat nie, haar gesels opgespaar vir die aand.

Ek wil nie verder skryf oor wat daar van haar kant af met my gebeur het nie; ek voel te hartseer. Hierdie slag vra ek dus verlof om maar 'n paar bladsye oor te skryf uit my dagboek. (Ek hou reeds jare lank 'n dagboek aan om gegewens te bewaar vir my outobiografie, wat bedoel is om ná my dood te verskyn wanneer ek nie daar sal wees vir die terugslag nie. Natuurlik is die dagboek te delikaat en intiem om soos hy daar is te publiseer.) Hier volg die aanhalings, tot op die ent van die hoofstuk:

20 Julie. – Gister uit Pretoria teruggekom. Voel vanoggend bitterlik sleg.

Voordag opgestaan om te gaan koffie maak. Vroutjie het láát aan die gesels gebly gisteraand, dit wil sê vannag. Hieroor en daaroor. Oraloor. Dis treffend hoeveel dinge ek dit regkry om te doen wat nie na haar sin is nie. En sy onthou almal. Hou dit van die eerste dag van vanmelewe af opgegaar. Elke slag kom al die oues weer oor, met die jongste agteraan gevoeg. Praat, praat, praat. Gee ek antwoord, is ek parmantig; bly ek stil, is ek nukkerig.

Vroeg vanoggend stoot sy aan my om my wakker te maak om te vervat. "Wag, Vroutjie," sê ek, "wag, wag, wagwagwagwagwagwagwag. Laat ek tog eers vir jou 'n mondjie vol koffie gaan maak, dan kan ons lekker verder gesels." En sonder om te versuim vir objeksies, vlie ek uit in die gure winterkoue in.

In die ou, verlore dae van vanmelewe het ek eintlik met ongeduldige verlange uitgesien dat dit moet winter word dat ek lekker kan vuurmaak in die witgerypte oggende. Daar was altyd 'n vrag heerlike kurkdroë hout, karee, ghwarrie, pruim, en jy word van geen niemand suur aangekyk as jy vat soveel as jy wil nie – as dit op is, stuur jy maar jou wa veld toe vir nog. Kerksaal van 'n kombuis, wye oop vlakte van 'n vuurerd; jy maak jou vuur sodat jy hom kan sien sonder 'n vergrootglas en voel sonder geloof. Nou, in vandag se tyd, maak jy in 'n noue pigeonhole van 'n ellendige ysterstoof vuur met gekloofde groenhoutmootjies wat jy in die winkel by die gewig koop. Word met 'n delikate volstruisveerskaaltjie vir jou uitgeweeg, kwartonse en sestiendes. Die rekening word met logaritmiese desimale ready reckoners uitgesyfer sodat daar ruim geleentheid is vir misteiks, ál aan die eenkant swaardra. As die hout effens winddroog word van 'n paar dae te lank onverkoop in die winkel oorlê, word dit teruggestuur veld toe om te plant en eers weer aan die groei te kry. Maak nou met sulke brandstof 'n vuur aan die gang in 'n smal ystergaatjie as jou vingers styf is en jou hart seer en jy voel of jy baie dinge sou kon sê as dit 'n vrye land was. Fyngoed groei daar teenswoordig ook nergens meer op die aarde nie – jy moet maar sukkel met die vorige dag se aanskrywings. Maar groenhout aan die brand kry met papier? Gmf. Een slag het ek tot my ongeluk die lampoliebottel in die spens gaan uitsnuffel. Toe ek die tweede maal opgooi, moet daar nog 'n vlammetjie oor gewees het van die eerste slag, hoewel ek hom nie meer kon sien nie. Ek weet nou hoe 't 'n mens moet te werk gaan as jy moeg word van jaar vir jaar verniet assuransiegeld betaal. Daardie oggend het ek sonder koffie klaargekom en die middag sonder kos. Moenie glo dat 'n vroumens omstandighede in aanmerking neem nie. Sy is totaal van regsgevoel ontbloot. Hou die koers wat sy eenmaal gevat het sonder dat dit haar traak waarheen dit haar – en jou – lei, nes 'n volstruis wat op 'n oop hek afgekom het.

Toe het ek dan vanoggend gesukkel. Blaas kan ek nie meer nie – ek voel elke slag ek moet laat staan of ek blaas netnou die laaste uit. Dis treffend wanneer 'n mens effentjies by jou jeugdige jare begin verby te raak, hoe daar een vir een ding kom wat jy nie meer maklik kan doen nie. Daarom hou ek nou se dae my olifant Herrie aan vir 'n steun en 'n staf. As ek al alte moedeloos word smôrens, roep ek hom kombuis toe. Hy kan maklik blaas want hy staan vér weg van die rook af, voor die agterdeur, en hy krul sy slurp binnetoe tot voor die vervlakste stoof, en ek hou die voorpunt nes 'n tuinspuit reg sodat hy hom nie verbrand nie. Maar vanoggend was Herrie net so onbekwaam soos sy oubaas. Met my tuiskoms gisteraand was hy so verruk van blydskap dat hy my byna verwurg het met sy omhelsing; sy slurp drie, vier maal om my nek gedraai nes 'n boaslang. En toe moet hy by my aangesteek het – ek het nog nie eens melding gemaak van die swaar verkoue wat ek van Pretoria af saamgebring het nie; daar is so baie ander dinge om oor te kla – want vandag is Herrie se slurp toe; hy haal deur sy bek asem. Hy het al van vanoggend af vyf sakdoeke en 'n bokseil opsy gegooi vir die was.

Nadat ek 'n paar uur vrugteloos aan die swoeg was vanoggend, bibberend en tandeklappend, stilswygend maar diep dinkend, begin die klokkie te lui. Ook weer 'n moderne sielopvreter. So vinnig as wat daar nuwe modes aangekondig word, voer Vroutjie hulle in. Behalwe die motorkar – nog nie die gekollekteerde een nie, maar 'n installment-een; die balans is nou al dubbeld die oorspronklike koopskat – behalwe die motor, sê ek, en 'n vliegtuig, en 'n draadlose ontvangtoestel, en poeierkwassies vir die knieë, het Vroutjie 'n elektriese klokinstallasie dwarsdeur die huis laat oprig.

Toe ek dan al glad te lank al in die kombuis aan die gang was en daar kom nog gestuk koffie nie, begin die klokkie om my ore te lui, en hy lui kwaai en met gesag. Nie te lank nie of hy lui vir Engela ook wakker – Engela is 'n vroeë nooi, om bedien te word – en háár klokkie begint saam te lui. (Die twee is nie na mekaar gestem nie.) Die drukknoppies is bedagsamelik by die koppenente van die kooie aangebring. Dis lekker om onder die warm kombers te bly lê en vir 'n ander te lui daar vér in die koue kombuis.

Intussen was die oggend besig om om te gaan. Soos die beloop van 'n dorp is, die karre het begin te ry en te raas, een met 'n eenvoetskoenmerrie, tokflap, tokflap, tokflap; nog een met 'n klok; en 'n derde met 'n vishoring. Bakker en slagter en melkpompliksenshouer laai een vir een hulle ware af en vertrek verder, tiengeliengelieng, gjeu-eu-eug, tokflap, tokflap, tokflap. Buite word dit weer betreklik stil;

hierbinne hou die plaaslike klokkies maar aan. Ek laat hulle maar lui; wat wou ek anders maak? Ek was teen hierdie tyd nie meer aan die werk nie; ek sit doodstil op die kombuisbankie met my plat hande onder my vir warmte. Toe ek die oorlosie agtuur hoor slaan in die eetkamer, sit ek my hoed op en ek trek my jas – gelukkig hy hang aan die kapstok in die gang – bo-oor my naghemp aan (ek dra nog nie pijamas nie, laat dit oor aan V..., maar nee wag); en sonder om 'n reklaam te maak van my vertrek, spring ek weg, winkels toe. My voete is rooipers van die kou, skoene is saam met die klere by Vroutjie in die kamer. Die naghemp kom tot by my kneukels, nes 'n wit val onder die swart jas se soom uit.

Toe ek van die hangbrug af die opdraend uit was en by die Saamwerkhoek Koninginstraat indraai, gewaar hulle my van die polisiestasie af. Die ou vet kortasemkonstabel Juggins loop my toe.

"En toe?" vra hy.

"En toe?" vra ek.

"Wat makeer?"

"Ek makeer niks. Wat makeer jy?"

"Jy is nie behoorlik aangetrek nie."

"Nie behoorlik aangetrek nie? Wat kan jy deur die dik jas sien wat jy nie behoort te sien nie? Ek is toe, tot om my nek en tot op my voete. Ek sal jou sê, Juggins, as jy werk soek en oor betaamlikheid begaan is, wag tot vanaand. Daar is 'n dansparty in die stadsaal. Gaan arresteer die halfpad aangetrekte vroumense. Vang vir Vroutjie en Engela eerste."

"Wie is Engela?"

"My dogter. En verneem sommer na Noorman se snorbaard."

"Wie is Noorman?"

"My ou katmannetjie. Engela het van kwaaddoenerigheid solank as ek weg was sy snor afgeknip – 'ge-bob' noem sy dit – en sy weet nie wat sy daarmee gemaak het nie. Jy moet die kat vantevore gesien het en hom nou sien ná die mishandeling."

Juggins vererg hom. "Waar wou jy nou heengaan?" vra hy.

"Winkels toe."

"Ek gaan saam," sê hy. "Ek het suspisie. Ek wil sien wat jy van plan is."

"Kom dan maar," sê ek. "Ek kan jou nie verhinder nie. Maar jy moet weet ek is 'n man wat vinnig stap, en wanneer dit baie koud is, soos vanoggend, het ek die manier om entjies-entjies te hardloop."

Ek praat nog, toe gly ek weg na Pie-Wie se winkel toe.

Daar is 'n stuk of wat verouderde klerke by Pie-Wie, met die besigheid saam gebore en groot geword, maar dié kom later in die dag eers werk toe. Die jongetjies wat jy vroeg in die voormiddag daar aantref, dagteken uit die moderne periode. Help niks om te probeer om van hulle geholpe te raak as jy 'n ouderwetse artikel nodig het soos 'n tonteldoos of 'n teerputs of 'n remskoen of 'n klapbroek nie.

"Ja, Meneer?" sê 'n klerk met 'n kaal gesig en ge-bobde hare.

"My dogter," sê ek.

"Ek is nie 'n meisie nie, Meneer ..."

"Nou ja, my seun, dan – ek sal jou woord neem daarvoor – ek soek 'n blaasbalk."

Die klerk kyk my aan asof ek 'n meermin of 'n medusa gevra het. Onderwyl kom die konstabel by, hygend. Die klerk kyk van my af na hom.

"Toe maar," sê Juggins, "ek kom nie om te koop nie."

"Ek soek 'n blaasbalk," herhaal ek.

"'n Blaasbalk?" vra die klerk.

"Ja, 'n blaasbalk, man, 'n blaasbalk. As dit 'n doodkis was wat ek wou gehad het, groot nommer agt, en 'n vleisbyl om die konstabel in gereedheid te bring daarvoor, dan sou ek dit gesê het. Dis nie my gebruik om na een ding te soek en na 'n ander te verneem nie. Ek wil 'n blaasbalk hê, hoor jy? 'n blaasbalk. Bee-el-a-a-es, blaas; bee-a-el-ka, balk; blaasbalk."

Juggins haal sy sakboek uit om 'n aantekening te maak. "Ek het gedóg," hoor ek hom mompel, "dit was pure oëverblindery om hier in die winkel in te hardloop."

"Versigtig en sekuur nou, Konstabel," sê ek. "Skryf reg. Ek glo die Hollanders spel dit met 'n gee."

Die klerk krap maar nog aan sy bob-hare. "Blaasbalk, blaasbalk, blaasbalk … Regtig, Meneer, ek het nog nooit van so 'n artikel gehoor nie."

"Nou ja, dan word dit nou tyd," sê ek. "Het jy 'n woordeboek? 'n Diksenêrie?"

"Kom ons gaan in die offis kyk, Meneer."

Toe is ons daarheen, Juggins agterna, nes 'n hond. Agter in die verborge dieptes het hulle kantore waar die boeke gehou en die rekenings uitgemaak word. Ons had moeite om 'n pad te kry binnetoe. Die plek lê opgestawel van vloer tot plafon.

"Almal rekenings vir die vroueklere wat verlede jaar gekoop is in verband met die prins se ontvangs, Meneer," sê die klerk.

"Myne ook nog daar?" vra ek.

"Sal wees, Meneer. Ons begin ander week om die C's te pos."

"Onthou," sê ek, "my naam word na regte met 'n Z gespel, ou spelling, N-E-E-L-Z-I-E."

Eindelik het hulle dan 'n groot rooi boek onder die papiere uitgegrawe. "Dis al woordeboek wat ons hier het, Meneer; 'n *Who's Who*."

"Moes eintlik 'n *What's What* gewees het," sê ek, "maar laat ons dankbaar wees vir wat ons het." Ek begin te blaai. "Laat ek sien – Balmy, Ballbearings, Ballyrot, Barker, Baukatski, Baylford, Beermoney; Bl, Bla – daar is net twee Bla's hier, Blair en Blatherumskite. Laaste lyk die naaste aan blaasbalk; wat sê hulle …

"'BLATHERUMSKITE, SIR WEEVIL, – Progressive Member for Mossel Bay Harbour Division, born Scotch Cockney. Came out to this country as stowaway in the eighties. Now merchant prince and multi-millionaire. Implacable Imperialist. Honourably implicated in Jameson Raid for which received K.C.M.G. Did gallant service in Great War as recruiting organiser in City Hall, Cape Town, for which made Major, D.S.O. …'

"Nee, dit kan my soort blaasbalk nie wees nie; laat ons terugblaai. Wag, hier het ek hom weer …

"'BAUKATSKI, SIR HOGGENHEIMER, – Progressive Member for Corner House Division. Zionist and philanthropist. Staunch Imperialist. British sentiments. Born Ukraine, Russia. Escaped several pogroms by being floated in wickerwork basket on the Volga and Vodka. Passed our immigration test on the strength of a bundle of notes smuggled to him on board for qualification. Commenced South African career by hawking watches which stopped as he went on. Now Chairman following Gold Mining Syndicates ...'"

En so voort.

"Man," sê ek, "maar dis mos geen woordeboek dié nie. Dis 'n helderegister."

Nou ja, hulle weet nie van 'n ander soort nie.

"Sou hulle 'n mens by Mataré kan bedien?" vra ek.

"Mataré? Mataré is lankal uitgebrand."

"En waarmee het hulle die vuur daar opgeblaas?"

Nee, die seun het nog nooit gehoor dat 'n mens 'n vuur opblaas nie. Het darem al vure gesien brand. Weet nie hoe hulle aan die gang kom nie.

"Dag," sê ek. "Dag, julle." En ek hardloop daar uit, vet Juggins agterna. Toe ek Mataré se hoek omgaan – ja, hulle is weer aan 't bou – kom Juggins nog voor Foster se kantoor verby, maar vlytig. Om hom te verloor, vlie ek skuins oor die straat en by swaer Britz se oorlosiewinkel in.

Swaer Britz het honderde huisklokke; almal loop; elkeen hou sy eie tyd, sodat daar altyd naastenby een is wat reg is, as jy maar weet watter. Almal maak fraaie klokspelletjies by die kwartiere, sodat 'n mens daar in die winkel altyd gesels onder 'n voortdurende begeleiding van musiek.

"Hsjt, Swaer," sê ek, "môre, Swaer (do, me, re, do); hou jou ongeërg, Swaer; hier is 'n konstabel agter my. Knik wanneer jy hom sien verby hardloop." (Me, re, do, so.) En ek gaan agter die toonbank inkruip.

"Swaer Kerneels," sê hy; "my hemel-op-aarde nog toe" (die swaer is 'n ouderling), "wat hê-y nou weer aangevang?" (Do, ti, la, so.)

"Swaer, wag, anderdag gesels. Ou vet Juggins is op my hakke." (Re, so, fa, me.) "Sien jy hom verbygaan?"

"Ja, Swaer, daar loop hy by Sanders in."

"Ek hoor 'n keb, Swaer. Stop hom" (so, la, so, me); "stop hom, Swaer, stop hom." (So, me, re, do.)

"Dag, Swaer." (Do, ti, la, ti.)

"Dag, Swaer; my magtie." (So, fa, re, me.)

Die keb het my dan terug by die huis besorg terwyl vet Juggins met luidrugtige asemhalings die dorp platsoek.

Vroutjie kyk my. "En toe, Kerneels? Het jy werk gekry in die dorp?"

Of ek werk gesoek en gekry het op die aanbeveling van die jas en die naghemp!

Verdrietig loop ek opsy. Engela kry my by die redeloses. "Pappie, alles sal weer beter gaan as ons nog 'n slaggie gaan tog ry met Herrie en die trem."

"My kindjie, Pappa dink self so. Probeer jy om die ding met jou ma te plooi."

Leser, het jy 'n hond wat jou maat is? Dan weet jy wat dit is om 'n trooster te hê. Hy het altyd tyd vir jou. By hom is daar nooit hartseer of blydskap, pyn of honger of begeerte wat met jou sy aandag deel nie. As die hele wêreld teen jou is, hy sal by jou bly staan. As almal jou veroordeel en verwyt, en jy jouself die bitterste van almal, by hom sal jy nooit 'n verwyt kry nie. As hy kon, hy sou die vloek en die smaad van die wêreld vir jou dra, en die teleurstelling van jou vriende, en die vervreemding van jou dierbares, want soos hy sy lewe vir jou sal gee, so sou hy sy arme redelose hondesiel vir jou gee.

Ek glo nie die leser het, soos ek, by die hond nog 'n olifant nie. Maar as hy 'n babatjie is, dan het hy seker 'n pop. En watter troos is die nie as die ou kinderogies vol traantjies is! Redelose troos? Daar is geen woorde wat troos nie. 'n Koue neusie in jou hand, 'n growwe poot op jou knie, of as dit jou gelyke is, 'n swygende handdruk, 'n afgewende oog … dáár nog is daar troos.

Troos by die redeloses

Gedurig veroorsaak die bure my sonde,
met woorde en dade, met hande en monde.

Bure is 'n voorreg, maar op 'n distansie –
maar dáár soek hulle my dankbaarheid nie.
Trek weg tog, Piet-Gertjie-Koos-Karel-en-Hansie!
Maar julle twee, Jakhals en Herrietjie nie.

Julle Kleinnooi maak soos sy wil met my:
Sy weet ek kan nergens 'n ander een kry.
Mens moenie net een hê, 'n meisie nie,
dan draai sy jou om haar vingertjie.
Maar júlle sing nooit daardie wysie nie,
My ou Jakhals en Herrie, nooit julle twee nie.

Julle Ounooi word nou en dan ontevrede.
En baie maal weet ek net goed die rede;
maar dan weer is daar geen rede nie –
dan's sy daaroor eers nukkerig, almiskie.
Maar julle word nooit ontevrede nie,
my ou Jakhals en Herrie, nooit julle twee nie.

Die ergste – ek bly met myself opgeskeep:
Of dit lus is wat lok, of dit dwang is wat sleep.
Daar's niks na my sin nie, nie werk nie of speel nie.
Dis nie bure of Kleinnooi of Ounooi nie –
dis ekself al die tyd wat myself nie kan veel nie;
maar nie julle twee, Jakhals en Herrietjie nie.

3

Ontmoeting met 'n magistraat

Maar voor ons weer met die trem gaan ry het, het daar ander dinge met my gebeur. Engela het wenke en skimpe gegee, maar Vroutjie had geen behae in vermaaklikheid nie. Sy was te ernstig daarop gesteld om vir my aan die werk te kry.

"En toe?" vra sy vir die elf-en-sewentigste maal, "en toe? Wat is nou jou plan?"

"Vra dit, Vrou. Vra jy dit. Wat is my plan?"

"Ja, ek vra dit. Wat is jou plan? Wil jy aanhou om met jou grote frisse lowwes hier by die huis rond te lê? Ek sal jou seker nog moet onderhou met naaiwerk. Wie weet, nog naderhand was en stryk vir ander vrouens. Of het jy dit altemit in die gedagte gekry dat ek losiesgangers moet inneem?"

"My skepsels, Vroutjie, maar nou kom jy daar met 'n kostelike idee voor 'n dag. Daar is van die esse hier ..."

"Esse?"

"Van die onderwysers(esse) – arme meisiekinders, ek kry in my hart jammer vir hulle – wat van ander plekke kom, weg onder die ouerlike dak uit, ontuis by liefdelose vreemdelinge. So is daar, jy kan byna sê swerwende, jonge tiksters, verpleegsters, winkelklerksters. Ek het gister oorkant in die dorp enetjie se trane afgedroë wat huil oor huisvesting. Dáár is jou klandisie, klaar vir jou, meer as oorvloedig. Net vir uitsoek. Ek sal vir jou part uitsoek. Jy sal mos tog immers nooit daaraan dink om mansmense in te neem vir losies nie?"

En toe plotseling, soos 'n donderslag uit die bloue hemel, kom die uitbarsting. Van 'n mansmens weet jy altyd wat om te verwag. Jy sien sy bui van ver af aankom en jy het tyd om klaar vuis te maak. 'n Vroumens vlieg onverwags en sonder aanleiding op jou uit, nes 'n kalme, wagtende kat op 'n arglose verbygaande muis. Ek het maar, volgens gewoonte, die storm laat neerstort op my onbeskutte hoof, en toe die een wang genoeg gekrap was die ander vorentoe gedraai.

Toe het ek met stille berusting my hoed gevat en deurgestap dorp toe om weer te gaan probeer. Maar ek was maar vooraf nie alte hoopvol nie.

Toe ek voor die magistraatshof verbykom, staan daar 'n digte gedrang van mense op die stoep. Binne kon ek sien was dit vasgepak.

"Wat is dit vir 'n skare dié?" vra ek. En toe moet ek verneem dis almal werkloses, nes ek. Hulle kom dag vir dag na die verhoor van die sake luister solank as hulle wag vir ligte joppe met swaar gasies om op te daag. Goedkoop skouburg, realistiese drama, die geregshof. En die spelers, komediante en tragediante, is nie onbekende vreemdelinge nie, maar jou eie boesembure en aangetroude familie. Egte onvervalste eerstehandse sensasietonele. Altyd 'n ander se moeilikheid om jou oor te verheug; 'n ander se skande om jou te troos onder die knaende prikkels van jou eie gewete.

Ek het dan ook maar ingebeur. Ek kon net so goed dáár wag as ander plek tot ek die verdienste sien waar Vroutjie haar hart op gevestig het.

Die saak wat voor was, was nie 'n stigtelike saak nie. Daarom was die opkoms so talryk. Verruklik interessant was die treurspel wat hier stap vir stap ontknoop word. Geen eufemisme of blote suggestie is daar in so 'n hof nie, geen wegsteek van onnoembare besonderhede, geen versagting van uitdrukking, geen skaamte of eerbied vir welvoeglikheid nie. Geen sensuur hier soos by die verdigte lewensvoorstelling wat in die bioskoop en in die teater vertoon word nie. Oral is die wet besorg om onsedelike invloede uit die openbare lewe te weer; die skrywer, redenaar, voordraer, speler, staan onder strenge beperkings. Maar hier, voor die regbank, die openbaarste plek in die wêreld, hier waar die wet op onkiesheid en onbetaamlikheid gehandhaaf word – hier heers geen wet teen onbetaamlikheid nie. Realisme? Realisme! My vriende, modebepalers van die nuwe kuns, Zola-verheerlikers! Soek julle nog nagemaakte realisme? Geen pruriënte verbeeldingskrag kan by hierdie werklikheid kom nie. Hier word die vuilste woord onomwonde herhaal – die waarheid en die volle waarheid, so help my God! – die vuilste daad tot die uiterste van sy nakendste besonderhede word hier beskryf. Geen wonder nie dat dit die plek by uitstek is om die tyd te verdryf terwyl 'n mens vir 'n jop wag. Kyk hoe sit die oorspanne gehoor met oop monde en gaap om nie die minste woordjie te mis nie.

In die getuiebank staan daar 'n meisiekind – 'n blote kind van sestien-agtien, met 'n skone engelgesig ... besig om haar skande voor die gapende skouburggehoor ten toon te sprei. 'n Meisiekind – en van nou voortaan, haar lewe deur, 'n Magdalena. Voor in die hof, in die bank vlak agter die prokureurs, kop onderstebo, sit 'n vader en moeder. Daar was 'n tyd, ver agteruit, in die jare wat nou verlore is, toe 'n agtjarige dogtertjie met die dood geworstel het... Saam het hulle toe in die gebed geworstel dat die Here hulle enigste kleinood tog moes ontsien... Had hulle maar liewer gebid dat Hy haar moes wegneem, daar in die vroeë môre van haar kinderonskuld...

"Wat sê jy daar?" vra die prokureur wat haar onder kruisverhoor het.

Die magistraat skryf die antwoord op...

Ek kon dit nie daar uithou nie. Dit het vir my gevoel of ek en al die ander daar bymekaar gekom het om ons verleide suster met klippe te gooi, nes 'n klomp beeste wat op hulle half-verongelukte maat afstorm om hom verder dood te stoot. Ons wat almal sonder sonde is...

En tog, wat wil ons maak? Ons moet daardie verhaalplek hê. En hy moet in die volle openbare daglig bly. Ons voorouers het oorgenoeg ondervinding gehad van bloedrade en star chambers en belydenisse onder pyniging in onderaardse kerkers. Vandag het hulle nog le droit administratif in Frankryk en The Third Degree in die Verenigde State. Miskien kan ons in verband met sekere sake van 'n walglike aard 'n ouderdomsbepaling vasstel vir leeglopers wat van die geregshof 'n goedkoop vermaaklikheidsplek maak. Sê nou oor die vyftig. Maar jy begaan 'n groot fout as jy die ou mans almal aansien vir onbeïnvloedbaar. Daar is van hulle wat swaar soek om aangesteek te word met die siektes van hulle jong dae.

Maar dis nie my plig om die wêreld reg te maak nie. Die Here het beter geweet as om my vir so 'n taak uit te soek.

Toe is ek dan maar weer daar uit onder die skare deur. En die buitelug was soos dié van die vroeë môre as jy in 'n bedompige verpeste kamer geslaap het. Maar die besoekie aan die hof het my 'n gedagte gegee. Ek sou buite in die dorp rondkyk en as ek nie regkom nie, die magistraat gaan sien as hy van die bank af was.

Van die hofsaal af is ek een van die nuwe groot strate af. Dit word meer en meer nes die Kaap daar. In die Kaap is elke gebou 'n winkel of 'n hotel. Die mense bly daar aan 't lewe deur die een van die ander te koop en die een by die ander te loseer.

Ek stap dan daar tussen die twee rye winkels deur en ek hou my oë oop, links en regs. (Dis opmerklik dat 'n mens nooit regs en links kyk nie, maar altyd links en regs. Die verkeerde kant kom eerste.) Halfpad; ja, daar hang 'n bordjie:

BOEKHOUER NODIG

Ek stap in.

"Ja?" vra die bestuurder, en hy vryf sy hande. "Waarmee kan ek u bedien?"

"Vandag," sê ek, "het ek niks nodig nie. En dis maar goed. Maar ek sien jy het 'n boekhouer nodig. Ek is hy."

"Skryf jy 'n duidelike hand?" vra hy.

"Gee my 'n pen," sê ek. En ek verskaf hom daar en dan die proef.

"Dit sal gaan," sê hy. "Kan jy vinnig reken?"

"Soos die blits," sê ek. "Gee my die somme en ek sal jou wys."

Hy gee my twee stukke papier. "Hierdie een is 'n rekening wat moet uitgestuur word. Tel hom op en sit die totaal onder."

Ek maak drie van my vingers oop en ek loop met hulle oor die drie geldkolomme af. Toe ek onder uit kom, skryf ek die bedrag op. Dis nie my gebruik om eers die oulappe op te tel en dan die sjielings en dan die ponde nie. Ek vat hulle altyd sommer gelyk. Daar is stadiger mense as ek.

"Magtig!" vloek die winkelman. "Maar so iets is onmoontlik!"

"Reken hom oor," sê ek.

Hy gee die papier aan 'n klerk. Nadat dié 'n halfuur besig was, bring hy dit terug. "Dis akkuraat reg, Meneer."

Toe vat ek die ander stuk papier. "Daardie," sê die baas, "is produkte wat ek gekoop het. Trek die gewigte bymekaar, elke soort besonders, reken dan uit teen soveel die pond of soveel die honderd, op watter bedrag elke pos uitkom. En trek dan al die bedrae bymekaar."

Terwyl hy nog praat, skryf ek elke bedrag op sy plek en toe loop ek hulle met my drie vingers af en ek sit die som onder. Die winkelman roep weer die klerk. Hierdie slag bly die klerk 'n uur en 'n half weg. Toe hy terugkom, rapporteer hy weer nes vantevore: "Suiwer reg, Meneer."

Die winkelman skud sy kop; 'n stokou traan, wat jare lank binne gewag het, rol oor sy wang. "Ag, ag," sug hy, "dat so 'n wonderbare talent so tot onnut moet verkwis word! My liewe man, jy moet nou self sien, jy deug nie vir my diens nie. Jy het nou werklik waar hier twee rekenings agter mekaar uitgesyfer en albei reg. Kyk watter gulde kanse was daar nie om fout te maak nie."

Ek kon my ore nie glo nie. "Wat?" sê ek. "Is sekuurheid dan hier by jou 'n diskwalifikasie? Hoe op aarde dryf jy jou sake?"

"My vriend," sê hy, "'n mens kan sien dat jy geen besigheidsopleiding geniet het nie. In daardie rekening wat aan my verskuldig is, moes jy hier en daar van 'n 7 'n 9 gemaak het; in die ander, die wat ek moet betaal, van 'n 5 'n 3 of van 'n 8 'n 6. Sulke verstellinkies maak 'n baie beduidende verskil in die loop van 'n jaar."

"Maar wat sê jou klandisie van sulke falsiteit?"

"Soetjies, soetjies – in die besigheid gebruik 'n mens nie sulke lelike woorde nie. Dis nie valse dinge nie, dis foutjies. Errors, mistakes. En wat die klandisie betref, nege uit die tien is te lui om ooit hulle rekenings na te gaan. Die een wat die fout kry, kom hier kla en dan skop ek voor hom 'n geweldige baan op met my boekhouer en ek skeur bosse van my hare uit van spyt. Dís die manier om besigheid te dryf."

"Nee," sê ek, "jy 't gelyk. Vir hierdie diens sal ek nie deug nie. Suiwer is ek gebore, suiwer sal ek sterwe. Maar dis 'n bittere saak dat die wêreld se beloop nou van so 'n aard is dat 'n man se goeie hoedanighede teen hom moet getuig. En ek soek werk; ek wil nie onnuttig die aarde beslaan nie. So dink Vroutjie ook. Ek wens jy kan haar hoor."

"Ek vrees," sê hy, "dit sal swaar gaan om nou werk te kry. Al die joppe is beset. My bordjie het ek nie twee oomblikke voor jy hier ingekom het nie uitgehang – en hoor jy die gedruis daar in die straat? Elke plek het sy man. Waar daar een is wat oukant toe neig of effentjies siekerig lyk kan jy maar sien staan daar 'n lang tou – hoe noem hulle dit nou weer, 'n kieoe – van aspirante en wag vir hom om pad te gee. My liewe tyd – ek vergeet, ek hoor vanoggend dat ou Stubbs vannag skielik siek geword het. Hy is nie op kantoor vandag nie ..."

Hy praat nog, toe was ek al by die deur uit. Buite hardloop ek twee muile en 'n vrou onderstebo.

Ou Stubbs – Blarney Woolly Stubbs, ek sal nooit die naam vergeet nie; hy teken dit altyd voluit; dit staan op elke straathoek en onder elke aanmaning – is van die grondlegging van die wêreld af ons stadsklerk. Self het hy niks te doen nie; daar word vir hom 'n heirskaar van assistente en klerke en tiksters aangehou. Hulle maak die kwitansies uit soos ons kom belasting betaal, en die dreiemente soos ons nie kom betaal nie, en sit dit klaar voor hom op sy tafel neer, en hy onderteken dit met 'n robbertjap, Blarney Woolly Stubbs. Buiten dit doen hy niks as om sy groot salaris te trek en op drie bene van die kantoor af te waggel huis toe en van die huis af kantoor toe. Daarom is dit dat hy nie al jare en jare gelede op pensioen afgetree het om iemand anders 'n kans te gee nie.

Ek spring dan toe ylings weg toe ek van sy lank vertraagde siekte hoor om my aanbeveling onder die aandag van die burgemeester te bring. Maar toe ek in Sint Jan se Straat kom waar die stadsaal is, sien ek daar strek 'n kieoe uit van die deur af die hoek van die straat onder om en Koninginstraat af tot op die stoep van die Queens Hotel. Ek het toe maar ook aangesluit, dit wil sê agter op die punt van die stert gaan staan op die hotelstoep om my beurt af te wag. Daar was 'n hele paar honderd voor my, en natuurlik, die burgemeester ondersoek een vir een wat kom sonder om te weet van die voorrade wat nog in reserwe is. Toe roep ek 'n waiter en ek laat vir my 'n stukkie papier en 'n konvert bring, en ek skryf haastig:

> Geagte Meneer Burgemeester, – Ek vra jou om geen mens onreg aan te doen of die een voor die ander te trek nie, maar weet tog dat ek ook 'n aspirant is vir die betrekking van stadsklerk. Jy sal onthou dat ons verlanges familie is en dat Vroutjie nog nooit jou winkel verbygegaan het nie. Verder is dit seker onnodig vir my om jou daaraan te herinner dat toe jy so geesdriftig was om die oorlog deur te sien en ander mense te stuur om dit te doen, ek jou lojale ondersteuner was waar daar moes geskree word op die vergaderings.
>
> God save the King.
> Nog altyd, soos van ouds,
> Jou troue vriend,
> Kerneels.

Ek sit die briefie in die konvert, adresseer dit aan die burgemeester, en gee dit aan die man voor my om met die ry op aan te stuur. Hy kyk na die adres en hy gee die brief terug. "Dink jy ek is 'n klein babatjie?" vra hy.

"Jou niksnut," sê ek. "Ek het jou al die jare geken vir 'n disobliging sorryface en 'n selfsugtige, sure ellendeling, maar ek het nie gedag jy sou so onbeskof afgunstig wees nie. Net omdat jy nou toevallig 'n oomblikkie voor my hier kom staan het, wil jy 'n onbehoorlike voorkeur vir jou aanmatig. Jy sou 'n mooi stadsklerk uitmaak."

Toe gee ek die brief by hom verby aan die derde man. Jou wrintag, hy weier ook om die brief aan te paas. 'n Mens se geloof moet baie goed wees of jy raak somtyds geneig om wanhopig te voel oor jou ewemense.

Maar dit moet 'n noue hoekie wees waar ek in vasgekeer is as ek glad geen uitvlug sien nie. Ek dink so 'n oomblikkie na – daar staan toe al ses varses agter my, en die slangtou het onderwyl 'n tree of tien vorentoe beweeg namate een vir een op die voorpunt ingegaan het en afgewys was – en ek draai uit en ek loop.

"Neelsie het gehendsop!" skree hulle. "Skryf dit op 'n briefie, Neelsie – dié sal ons aanstuur. Jou terugtrek verbeter elkeen van ons se kanse."

Maar ek wag nie om hulle te antwoord nie. Ek hardloop Kerkstraat toe en by die poskantoor in. Ek gryp daar 'n telegraafvorm en ek plak my brief daar op en ek merk hom "antwoord betaal, baie dringend". "Elf en nege pennies," sê die posmeester en hy kyk my aan met blykbare hoop dat die moeite van die wegstuur hom sou bespaar word.

Ek oorhandig die geld. "Ek weet hier is geen krediet nie," sê ek. "Daar is een aan wie ek verantwoording verskuldig is, en sy is nie jy nie. Doen jy jou plig en maak gou; as ek wou stadig wees kon ek maar in die kieoe bly staan en my langsaam voortbeweeg het tot ek my eie boodskap self kon afgee."

Ondertussen, solank as ek vir die antwoord wag, het ek my uitgestelde besoek by die magistraat gaan aflê. Dis altyd raadsaam om meer as een snaar aan 'n man se viool te hê.

Volgens konstitusionele teorie is ons staatsamptenaars ons almal se dienaars. In die praktyk is hulle ons base. Hoe hoër hulle is – en elkeen hou hom hoër as wat hy is – hoe ongenaakbaarder. Net soos die fossiele in die geologiese strata ... maar wag, ek moenie hier Grieks en Latyn praat nie; daar sal geleentheid wees as ek een van die dae daartoe gedryf word om 'n professorskap te soek ... daar is meester bo meester, klerk bo klerk, en jy moet die leer sport vir sport van onder af klim as jy die man daarbo wil in die hande kry. Elke hof het sy seremonies.

Met aansienlike volharding het ek dan by die deurkonstabel verbygekom en van kamer tot kamer gevorder tot ek eindelik met die deurlugtige hoogheid van die tweede of tiende klerk in aanraking was. En daarvandaan verder, hoër sporte op, was dit verseg.

"Jy kan my oor enige ding spreek waaroor jy die agbare magistraat wil spreek."

"Dis juis die ding," sê ek. "Ek wil nie spreek nie, ek wil praat. Sonder batawismes en anglisismes en germanismes en krismis en disnis en al sulke soorte bisnis. En jy is die laaste man aan wie ek my besigheid sal blootlê. Ons twee is mededingers. Ek is my verstom dat hier nie 'n kieoe staan nie."

Een antwoord die ander tot ons naderhand albei hard praat. Die magistraat hoor van sy kamer af die oproer en hy kom kyk.

Jy sal dikwels vind dat die hoë mense minder hoog is as die minder hoë. Die uitloop van die ding was dat ek by die magistraat se tafel sit met die deur toe, ons twee alleen, en 'n eersteklas sigaar tussen my lippe.

Ek het eers hieroor en daaroor gesels, die vooruitsigte van die distrik, die gebreke van ons opvoedingstelsel, die toenemende werkloosheid en so meer, om hom in die geleentheid te stel om 'n idee te vorm van my diepte van gees, en toe die saak aangeroer wat eintlik die doel van my besoek was.

"Meneer, van wat ek te sê het, sluit ek jou uit. Dis 'n voortreflike sigaar hierdie, en ek wil nie persoonlik wees nie. Maar te oordeel na ander magistrate wat ek van weet, kan die vereistes van bevoegdheid vir die betrekking nie alte onmoontlik streng wees nie. En dit lyk my nie 'n onaantreklike amp nie. Jou werk is om jou ewemens te beoordeel.

Daar is nie nog 'n werk op aarde wat vir ons almal so aanloklik is nie. Sonder dat ons betaal word daarvoor; ja, met selfopofferende verwaarlosing van ons eie belange; ten koste van ongehoorsaamheid aan 'n ernstige gebod dat ons nie moet oordeel nie, hou ons ons ons lewe lank besig om mekaar te oordeel, te beoordeel, te veroordeel. Op hore-sê en gerugte, op agterdog en argwaan, uit nydigheid en leedvermaak, sonder kennis of bevoegdheid, wetende dat ons nie weet nie, wetende dat ons nie die een in die ander se hart kan lees nie en dat die uiterlike skyn bedrieglik is, met ons eie ondervinding van die hartseer wat ons gedurig ly onder die onreg van wanoordeel wat deur ander oor ons geveld word – met dit alles voor oë loop ons maar altyd gretig en rondkyk na geleentheid om ons naaste te veroordeel. Meneer, watter 'n voorreg moet dit dan nie wees nie om op die regterstoel te sit waar dit jou aangewese taak is om oordeel uit te spreek! Meneer, telegrafeer na die minister van justisie; kondig hom aan dat ek beskikbaar is vir die eerste magistraatspos wat oopval."

Die magistraat bly stil. Hy buig vooroor, elmboog op die tafel, sy voorhoof op sy hand geleun. Toe hy weer opkyk na my toe was dit asof sy gelaat skielik oud geword het, met die spore van lyding en sielewroeging.

"My vriend," sê hy, en hy praat met plegtige erns, "soos jy tereg opgemerk het, ons is voortdurend besig om mekaar te veroordeel. En dis tot daarnatoe. Daardie algemene oordeel het sy waarde en sy onwaarde. Hy het sy waarde omdat hy die gereedskap is van die openbare mening, en dié is 'n doeltreffender strafregter as die wetsgesag met al sy regters en magistrate en konstabels en tronke. Verder is daardie alledaagse los oordeel sonder waarde, want hy word self beoordeel. Wat ek van jou dink, is niks meer werd nie as wat diegene wat ek dit aan meedeel van my dinkvermoë dink.

"Maar vel jou oordeel dáár, op die regterstoel, my vriend, en dis nie tot daarnatoe nie. Daar is gevolge. Verbeel jou jy maak daar 'n fout. Dan beteken dit dat jy daar onreg doen op die plek wat daarvoor aangewys is om onreg te herstel.

"Het jy al dikwels as blote toeskouer in die hof gesit en 'n saak van bestrede getuienis aangehoor van die begin tot die ent? Ja? En dit somtyds onmoontlik gevind om tot jou eie besluit te kom watter kant se getuienis die waarheid is en watter kant vals is? Ja? En het jy nie toe in jou hart jammer gekry vir die man daar op die regterstoel nie? Hy, wat net so min die getuies se harte kan lees as jy, hy moes kies tussen hulle en uitspraak gee. Sê nou hy stuur die ware getuie daar weg, gebrandmerk as 'n meinedige? Hy doen die man wat onreg gely het en daar gekom het om sy reg te soek, daar 'n verder onreg aan? Hy sterk die kwaaddoener in sy kwaad en hy stuur die onskuldige na die gevangenis?

"My vriend, ek het lange jare ondervinding gehad as magistraat. En nou nog kom daar nagte wanneer ek wakker lê – oor die uitspraak wat ek môre moet gee ... en oor die uitspraak wat ek gister gegee het. Daar is een vonnis wat ek dertig jaar gelede gevel het. Ek kan nie sê hy het ooit op my gewete gedruk nie, want ons kan maar geeneen meer doen as om te handel volgens die lig wat ons het nie. Maar vandag nog lê daardie uitspraak swaar op my hart. Daar is ander waaroor ek twyfel, en dit is al bitter genoeg, aaklige swart spoke wat my metgeselle sal bly my lewe lank. Oor daardie een twyfel ek nie. Ek weet hy was verkeerd. Dit was 'n gruwelike onreg ...

"My vriend, die regter is maar 'n blote mens. En die taak is hom opgelê om die werk van God te doen ..."

"Meneer," sê ek, "ek is jou dankbaar. Ek het weer vals geoordeel. Ek het nie anders gedag nie as jy sit ewe lekker daar op die regterstoel en jy glo wie jy wil, reg of verkeerd, en dit traak jou nie verder nie, en jy trek jou salaris. Laat staan tog maar die telegram. Ek sal nie deug vir magistraat nie."

Op weg huis toe het ek oor hierdie gesprek verder geloop en nadink. Ons sien die menigvuldige kwaad in die samelewing om ons heen, ons weet van ons eie bederf, en ons voel moedeloos. Maar die wesentlike goed wat daar is, sien ons nie raak nie, want uit sy aard bly hy verborge – so gou as hy tot vertoon gemaak word, is hy mos nie meer goed nie. Daardie magistraat kon net so goed ongevoelig gewees het; hy sou dieselfde salaris getrek het en meer plesier van sy lewe gehad het. Nou, sonder dat ooit iemand daarvan weet, sonder dat hy daarop roem – dis by hom eerder 'n saak van selfvernedering as van eietrots – doen hy sy diens getrou tot die uiterste van die gawe wat die liewe God hom geskenk het. En dan verwyt hy homself ontrouheid! Juis hy, met die gedurige knaende vrees vir onreg, juis hy is die man in wie se hande die pand van die handhawing van ons reg veilig is! Die ou wêreld is nie so sleg nie!

Truth forever on the scaffold,
Wrong forever on the throne:
But the scaffold rules the world,
And, behind the dim unknown,
Standeth God amid the shadows,
Keeping watch above His own.

Ewig aan die galg die waarheid,
Onreg ewig op die troon:
Maar die galg regeer die wêreld;
En waar donker skad'wees woon,
Daar staan God, die Ongesiene,
En Hy hou Sy eie skoon.

4

Ontmoeting met 'n suinigaard

Ek moet langer by die magistraat gesels het as wat ek gedink het. Toe ek by die huis kom, lê die telegram daar vir my en wag. Ook geen telegram nie, maar 'n brief. Hulle weet nog nie by die stadskantoor dat 'n mens in jou eie dorp kan rondtelegrafeer nie. En ek wat verspot genoeg was om vir die antwoord te betaal. Die brief was natuurlik in Engels. En van ou Stubbs self. Afgedankste ou kanniedood. Ek sal maar 'n vertaling insit ingeval van 'n moontlike Afrikanerleser met 'n working knowledge of English. Maar hoe vertaal 'n mens "His Worship"?

> Waarde Heer, – Sy Aanbidwaardigheid die Burgemeester staan my toe om u te bedank vir u vriendelike besorgdheid en las my om u mee te deel dat daar geen rede is vir oombliklike haas om voorsiening te maak vir my opvolger nie. Sy Aanbidwaardigheid is goed genoeg om te sê dat hy uitermate bly is dat hy in die geleentheid is om u te berig dat ek terug is by my werk, fit as ever, dank sy die wakkere bekwaamheid van sy swaer, die distriksgeneesheer, Dr. Quicksilver.
>
> U dienswillige,
> BLARNEY WOOLLY STUBBS
> Stadsklerk

"Met die ou robbertjap geteken," merk ek vir Vroutjie op nadat ek die brief vir haar voorgelees het. "Ek wonder wie van die ander klerke dit vir hom geskryf het en dit op sy tafel neergesit het om te ondertjap. 'n Ontelbare skare van 'n oorbodige staf daar, almal arm familie van die stadsraadslede. En ék moet hulle onderhou. Fit as ever! Fit as ever! Natuurlik is hy fit as ever. Hy was nog nooit meer fit of minder fit nie. Jy kan 'n Taungs-aap leer om sy naam met 'n robbertjap op 'n papier te druk ..."

"Kerneels," begin Vroutjie ...

"Stil, Vrou. Ek laat my nie in die rede val nie. Ek voel bitter. As jy weer siek word, hoor jy, hoe sieker hoe beter, roep ek dokter Kwaksalwer in. Een eetlepel vol met 'n eetlepel water, drie maal op 'n dag, ná ete; skud die bottel. Vervlakste kind. Een vir een siek mens wat hy behandel, laat hy deur sy vingers glip, en nou moet hy juis sy eerste uitsondering maak by ou Stubbs, wat meer as by sy tyd verby uit my sweet-en-bloed-belasting geleef het. Stil, Vrou. Ek wil niks meer hoor nie. Môre, as ons tyd gehad het om af te koel, sal ek jou vertel hoe 't ek gevaar het met my werksoek in die dorp vandag."

En sonder om na 'n verdere woord te luister vat ek my hoed en ek stap uit en ek slaan die voordeur agter my toe en ek roep my hond Jakhals en my olifant Herrie om veld toe te loop.

My vriend die leser, druk die ou wêreld somtyds op jou ook swaar? Om 'n boesemvriend te hê, is goed; om 'n vrou te hê, is beter. Daar was 'n tyd toe die boesemvriend jou vader was wat met jou in sy arms op en af gedans het; daar was 'n tyd toe die vrou 'n moedertjie was wat jou aan haar hart gedruk het. Vandag – dank die Here vir die ander soort liefde wat jy geniet, dis die kosbaarste wat daar op die aarde is – maar vandag is die vriend en die vrou jou gelyke. Hulle verstaan jou; hulle verwag dinge van jou, soos jy van hulle. Daar kom tye wanneer jy nie durf praat nie en darem moet praat, want jou eensame siel word vir jou te veel. Daar kom tye wanneer jyself die enigste is om die troos en die bemoediging en die verskoning uit te druk waar jy behoefte aan het. En dan wil jy die stilswygende, on-vragende, on-verwytende, on-teleurstelbare simpatie hê wat alleen kan kom van die liefde wat voel en nie verstaan nie. Daarom is 'n ou man so lief vir 'n babatjie. Daarom, my vriend, maak 'n mens 'n maat van 'n hond of 'n kat of 'n perd. Ek moet nog van Vroutjie se hansbok vertel. En ek het nie net 'n hond nie; ek het ook 'n olifant. Wanneer die ou wêreld glad ondraaglik word, stap ons drie veld toe en ek kom 'n nuwe man terug ...

Ja, daar is ook nog 'n ander Troos, 'n ander Liefde, wat verstaan. Maar dit hinder nie, want Hy verstaan alles. Maar met die allerheiligste loop 'n mens nie te koop nie ...

Toe ek voor by my hek uitkom met Jakhals en Herrie, kom Engela van die dorp af. Jy kan wed sy was nie daar om werk te soek nie.

"Pappie, neem my saam."

"My engeltjie, dis baie lief van jou. Gaan haal jou mandjie dat ek hom op Herrie se rug vasbind. En vra of jou Ma nie ook lus het om saam te gaan nie. As ons om drie-uur vanmiddag wil kom eet, het geen mens daar niks mee te doen nie. Sy kan darem die kosmandjie en die keteltjie saambring."

Oor 'n rukkie kom Vroutjie en Engela albei uit.

"Ja, Ouman," sê Vroutjie. "Ons sal na ons óu grasplek toe gaan daar onder die wilgerbome by die seekoegat."

Toe is ons vyfies dan op weg. Herrie slinger heen en weer oor die pad om hier 'n graspol te pluk en daar 'n oorhangende vrug. Sy kleinnooi raas met hom en klits hom met haar kweperlat daar van bo af, maar hy steur hom niks. Langesaan loop die ounooi en die oubaas. Voor en in die rondte en agteruit en vooruit hardloop Jakhals raas-raas ...

Ja, 'n hond of 'n olifant of 'n babatjie ... as dit baie donker onweer is. Maar jy kan die son kry om tussen die reënwolke deur te breek; die lig in plaas van die troos vir die donker ...

Langes die pad sê Engela: "Waarvoor het ons dan 'n trem? Nou moet ek alleen ry en Pappa en Mamma moet te voet loop."

Vroutjie gee haar nie antwoord nie. Vroutjie het op die oomblik nog geen stuk lus vir weer 'n tremreis nie. En dis sy wat my die trem laat aanskaf het!

Ek het natuurlik ook stilgebly.

Ons kom op ons bestemming. Engela seil langes die olifant se lyf af in my oop arms.

"Oe-oe-oe," skree Engela, "maar dis heerlik!"

"Ouman, Ouman; dis alte liefies hier. Ek word nooit moeg vir hierdie paradys nie. Elke slag wat ek weer hier kom lyk dit vir my na 'n nuwe plek; en elke slag is hy mooier." Sy gryp my aan die arm en sy skud my.

"So maak die Here 'n lushof, Vroutjie. Maar lê vir my uit, waarom is ons so lief vir watertoneeltjies? Vir al wat water is, die vallende water van die reën, die spelende water van die bekie, die briesende water van die bergstroom, die dreunende water van die see, die slapende water van die seekoegat, die skitterende water van die dou? Sê vir my, Vroutjie?"

"Omdat ons Karookinders is, Ouman. Die goud is kostelik om sy seldsaamheid."

Waarom, in plaas van duisend onnodige bogvakke waar my skoolmeesters my siel mee gekwel het – en ek hulle s'n, glo vir my – waarom het hulle my tog nie geleer teken nie? Dan sou ek 'n prentjie hier ingesit het van die lang seekoegat waar ons drietjies daardie dag na toe gekom het om ons liggame te laat rus en ons siele te verkwik.

Van die drif van die grootpad af lê die gat water rivierop. Op die onderent, waar ons uitgedraai het, staan reusagtige treurwilgers, hoog na die hemel strewende om die linte en valle van hulle groen sleepgewaad nie op die aarde te laat besoedel nie – maar as hulle dit maar wis, hulle had nie nodig om bang te wees nie – daar is geen gevaar om vuil te word nie; onder hulle voete is 'n sagte reine tapyt, nog nuter as hulle eie kleding. Van die bome af strek die gras uit, donkergroen in die skaduwee van die wilgers, heldergroen in die son, tot op die wal waar die lelies die water soom. Oorkant 'n digte bosgasie van pypsteel en fluitjiesriet, gepluim met swaaiende wit vere van saad. Hoër op draai die gat water uit die gesig weg om 'n elmboog, sodat 'n mens lus kry om te gaan kyk hoe hy daarvandaan verder lyk, maar jy kan nie verby kom nie, want daar is 'n vlei van toue en biesies en papkuil. Dit wou ek afgeteken het en wat ek nie kon sê of beskryf nie daarby, en veral die spieël van die heerlike, heldere, reine water met die verdubbelde prentjie daarin onderstebo. En die groepie van menslikheid daar op die gras, die vuurtjie en die swart ketel daarop, Vroutjie en Engela op 'n oopgespreide deken rustig op hulle gemak wagtende vir my om die verversings klaar te maak. (In elke groep is daar altyd een wat aangewys is om die laste te dra. By my groepie is dit ek.) Aan Vroutjie se voete, Jakhals, net so oplettend wagtende. Sy eintlike belangstelling was meer by die mandjie as by die ketel. Wat Herrie betref, hy was eers vir jou in sy glorie. Hier by ons het die water nie vir hom diep genoeg gelyk nie. Boontoe op, by die draai, kan 'n mens sien, moet dit dieper word, want die water is donker. En vir Herrie moet 'n bad nie alte vlak wees nie. Ons kon hom in die verte hoor spartel en spuit en blaas van genot.

Solank as die wilgerhout – ondeugsame brandstof, ek ken vir hom – onder die ketel smoor en rook, pak ek die mandjie uit.

"Alle wêreld, Vroutjie, ek kom woorde kort om my liefde mee te betuig. Waarlikwaar, my soete engel van 'n vrou het vir ons soutribbetjies ingesit om te braai! Sjoeg! Maar ek sal daar uit die ou heining 'n paar doringtakke en 'n paal moet breek om kole te kry. Wilgerhout gee geen kole nie. Net rook en as. En seer oë. Ga, wff; vlakste rook dwarrel alewig net na my kant toe, hoe ek ook al in die rondte om die vuur loop, nes 'n donkie aan 'n bakkiespomp. Sonder 'n asempie wind ook, maar wat dwarrel is hy. Nare ding, wilgerhout; as hy droog is, is hy eers nat."

"Pappa," sê Engela, "kyk die ou oom daar oorkant in die fluitjiesriet."

Ek vee die ergste rook uit my oë en ek kyk in die beduide rigting. Op die kant van die oorkantse wal, in 'n opening tussen die riete, staan 'n ou kêrel – nie so oud ook nie, omtrent my ouderdom. Hy het 'n groen, of gewese groen, duitse sis-hemp aan, 'n verbleikte mokferweelonderbaadjie, 'n velbroek wat op bedrieglike plekke knieë wys, en 'n paar rousoolvelskoene wat van voor opkrul nes 'n skerpioen van agter. Onder 'n vetuitbraaiende omslaghoed steek kloste takhare uit. 'n Onbearbeide baard het 'n merendeel van die gesig ingeneem. Die ou het 'n dik bamboeskierie in die hand waarmee hy dreigende gebare na ons kant toe maak, begelei deur onkerklike aanmerkings.

"Sou die oom kwaad wees?" vra Engela.

"My kindjie, jy kan die veronderstelling waag dat hy nie goed is nie. Hy is nie altyd goed nie. Hy is wat hulle noem ou ryk Koos Kansa. Sestigduisend pond werd, en kyk watter klere dra hy."

"Maar wat sou hy soek?" vra Vroutjie.

"Wat sou hy soek, Vroutjie? Hy soek sonde. Wat anders sal hy soek? Jy weet ons is hier op twisgebied – wat van ouds af bekend is as die prosesgrond."

Ek moet die leser eers op hoogte bring. Toe die oorspronklike grondbriewe in hierdie geweste uitgegee is, bietjie meer as honderd jaar gelede, is daar nie alte noukeurige sorg aan opmetings en kaarte bestee nie. Sommige van die ou landmeters het hulle kaarte na skatting of gissing geteken, met die gevolg dat waar twee plase aanmekaar behoort te grens, daar op sommige plekke 'n strook niemand se land tussenin lê. Op ander plekke weer loop die kaarte oormekaar sodat dieselfde lap grond onder dubbele eienaarskap is.

Op die bo-ent van ons dorpsgronde is daar so 'n strydgebied. Vandat die dorp aangelê is, gedurende die leeftyd van ou Koos se vader, en daarná deur sy eie tyd, het daar tussen hulle en die dorp 'n ewigbroeiende kwessie aan die gang gebly. Maar die geskilpunt is nooit voor 'n hof uitgemaak nie; in die eerste oukêrel se dae was prosedeerdery nog onbekend – as jy nie 'n moeilikheid met jou vuis of met jou kierie kon uit die wêreld maak nie, dan verdra jy hom maar. En die seun, hierdie ou Koos, was eens te suinig. Suinig? As hy 'n sjieling moet uitgee en dit kan nou glad nie anders nie, gaan hy aan 't huil nes 'n klein babatjie. Die twee partye het dan nooit verder gekom nie as grootpraat en dreiemente, terg en trotseer en skoorsoek. Somtyds gaan daar maande en jare om sonder openlike rusie; die twee vorderaars loop maar van weerskante oor en bewei die grond in die maatskappy. Dan weer, om een of ander onafhanklike oorsaak, ontwikkel daar plotseling 'n akute stadium.

So was dit juis nou. Die week vantevore het die stadsraad ou Koos voor die magistraat gehad oor water uitkeer. Die ou het gesweer die water het self deurgebreek omdat die munisipale sloot te sleg onderhou was. Maar die hof het daar anders oor gedink en hom met vyf pond beboet. Vyf pond! Bloedgeld.

Soos maar gewoonlik moes ek, onskuldige, ontgelding doen.

"Neef Koos," skree ek oor die gat water, "swem tog deur hierheen. Dit help niks dat jy daar staan en raas nie. Ek kan nie 'n jota of 'n tittel verstaan wat jy sê nie. My oë is vol rook. Jy weet wat wilgerhout is."

Met 'n paar verskriklike woorde draai die ou om en hy verdwyn tussen die fluitjiesriet. Ons hoor kraak en breek en praat; bo sien ons die saadte links en regs meegee. Daar waar die ou ingekom het, is 'n beessuipgangetjie na die water toe. Rivieraf langes kan 'n mens nie loop nie; die ondeurdringbare rietbos groei tot in die water.

"Sou die oom nou maar huis toe gegaan het, Pappa?"

"My dogtertjiekind, ek wens ek kon dit hoop. Maar ek syfer die vooruitsigte anders uit. Ek beskou die oom se beraadslaging is om oorkant die bos af te loop en daar onder by die drif deur te kom hierheen."

"En dan, Pappa?"

"My kindjie, dan sal hier na alle waarskynlikheid moord gepleeg word."

"Nou ja, Ouman?"

"Nou ja, Vroutjie. Dit lyk vir my onder die omstandighede raadsaam vir ons om eers 'n stukkie te eet. En daar moet nog kole gemaak word. Wilgerhout is 'n allerondienstigste vorm van brandstof."

"Ouman, sal ons nie liewer om kwaad voor te wees, maar hier padgee nie?"

"Vrou, miskien laat ek dit nie blyk nie, maar ek het al begin koorsig te word. Moenie jy nog komberse oppak nie. Jy weet hoe 't ek my in die huis met lydelike berusting gedra. Ek laat nie buite op die oop veld ook op my kop trap nie."

Agter die wilgers lê die oorblyfsels van 'n lange jare gelede vergane paal en doringheining wat nog in die dae moet opgerig gewees het toe die aarde nie so digbevolk was dat mense hulle oor kwessies van kaarte en grenslyne moeg gemaak het nie. Ek kruip onder die festoene van druipende wilgerkranse deur en ek begin een van die vrot pale aan te sleep.

Ou Koos het die lang ompad wat hy moes kom met groter snelheid afgelê as wat ek hom voor kapabel aangesien het. Toe ek met die paal op die oopte uitkom en omdraai en opkyk, hier staan die ou voor my met die bamboeskierie.

Intussen het Jakhals daar van sy ounooi se voete af opgestaan, hare orent, en nader gekom. Hy kyk na die vyand en dan weer na my, wagtende op instruksies.

"Jakhals," sê ek, "wag, my hondjie. Moet nog nie die vreemde oubaas byt nie. Laat die eerste aanvallende beweging van sy kant kom."

"Ek is nie vir jou hond bang nie en vir jou ook nie," bars ou Koos los.

"Hoor jy, Jakhals, wat sê die oubaas? Maar moenie jou aan hom steur nie; wees nog maar geduldig, my hond. Wag, laat ek probeer om met die oubaas mooi te praat ... neef Koos ..."

"Ek is nie jou neef nie."

"Dis reg, Jakhals, hy is nie jou oubaas se neef nie. Hy is Oubaas Koos Kansa, daardie suinige oubaas wat sy honde se hase afneem en sy katte se muise. Maar dis hulle saak, Jakhals; dis nie jou klagte of myne nie."

Ou Koos word al hoe meer briesend onstuimig.

"As ek my sonde nie ontsag nie ..." Hy lig sy bamboes omhoog.

"Ja, Jakhals, dis hoog tyd vir die oubaas om sy sonde te begint te ontsag. Hy het seker al gelees dat gierigheid die wortel is van alle kwaad, maar hy dink nie ernstig na oor wat hy lees nie. Sonde ontsag? Hy ontsag nie eens die dames wat hier is, jou ounooi en jou kleinnooi, nie."

"Ek het die vroumense nie hierheen genooi nie. Stuur hulle huis toe van my grond af."

"Jakhals, my hond, hoor jy nou wat sê die oubaas? Sy grond! Moenie glo dat dit sy grond is nie. Dis ek en jy se grond, ons s'n en ander mense s'n. Stadsgrond, gemeentegrond, kommonasie."

"Stadsgrond, stadsgrond?" skree ou Koos. "Toe die voorouers van julle ingevoerde stadsraad nog besig was om in die agterbuurtes van Engeland te verhonger, was dit my vader en my grootvader se grond. Toe. Sabander. Voor ek slaan aan jou."

Hy steek my met die bamboes asof hy my van die grond af wil wegstoot.

Ek tree agteruit. Jakhals tree vorentoe. Ek sien ek sal hom nie lank meer met mooipraatjies kan bedwing nie. Engela was onderwyl meer en meer opgewonde geraak. Vroutjie staan op en kom aan na ou Koos toe met 'n lig in haar oë wat hy nie ken nie maar wat ek goed ken. Alle faktore was in gereedheid vir 'n netjiese slagveldjie. Maar ek gebruik nog altyd my kalme verstand.

"Vroutjie, asseblief tog, staan doodstil. As jy een tree nader kom, skeur Jakhals hierdie ou skepsel aan repies."

"Skepsel, sê jy vir my?" Ou Koos haak af met die bamboes. Ek spring weg en met die wegspring gryp ek Jakhals agter die nek en ek sleep hom uit die pad uit. En toe dog ek dit begin tyd te word vir teëmaatreëls.

"Herrie," skree ek, "Herrie, Herrie! Jy is hier nodig. Gougou, my olifantjie."

Aan die branders wat van bo af om die draai aangerol kom, sien ek my beroep is nie ydel nie. Nie twee oomblikke nie of 'n blinkende nat gevaarte trap 'n kleipad tussen die papkuil en biesiepolle deur.

"Toe, Herrie!" skree ek.

Ongelukkig verstaan Herrie my mis. Voordat ou Koos wis wat daar met hom gebeur, word daar 'n honderd atmosfeer forspomp op hom oopgedraai.

"Nee, Herrie, nee, nee. Jy is mos anders vlug van begrip. My bedoeling was nie dat jy die oubaas moet natspuit nie.

Jy dink almal is net so begaan oor 'n bad soos jy. Tel die oubaas op jou rug op."

Ou Koos vee nog die water uit sy oë uit en hy proes en hy stik, toe bind ek sy voete met Engela se riem onder Herrie se lyf deur vas.

"Vroutjie, maak ons goedjies bymekaar. Ek vrees jy en Engela sal moet dra, want Herrie het sy vrag."

"Ouman, wat is jou plan?"

"Tronk toe, Vroutjie. Ek en ou Koos. En een van ons loop en die ander ry. Jy was getuie van al wat hier vandag voorgeval het. Ek het hierdie ou man nie gehinder nie, nie te na gekom nie, nie soveel as my vinger vir hom gewys nie. In vrede en stilte het ek hierheen gekom en binne my wettige reg gebly. Hoe het hy gemaak? Soos 'n woeste wildewolf het hy op my afgestorm, hier op die vrye openbare dorpsgrond, gevloek en geskel en gelaster en gedreig nes Simeï vir Dawid, moleste gepleeg, my vrou en my dogter die doodsangs op die lyf geja, my hond so hittete 'n nekslag gegee, vir my met sy bamboeskierie gesteek. Nou verstaan jy, Vroutjie, nou gaan die ewig dreigende Metusalem se saak wat my so lankal verveel om van te hoor eenmaal tot op die ent uitgespook word, al was dit tot dwarsdeur die Geheime Raad. As hy dan te suinig is om te prosedeer, ek nie."

Ou Koos word bleek. "Lenie," sê hy en sy stem beef, "Lenie, my liewe niggie, asseblief tog – ek het swaar aan my geldjies gekom. Ek wil nie sake maak nie. Die prokureurs sal my kaal uitrinneweer. Praat tog met jou man. Ag, praat tog met hom."

En toe word ek skaam. Ek knoop die riem los en ek tel die ou af. "Neef Koos, sit nou hier by die vuur en maak jou klere droog. Vroutjie, die ketel kook. Maak tog gou die koffie en skink vir die neef 'n koppie vol."

Naderhand was daar kole, en toe jy weer sien sit ons al vier daar op die gras, elk met 'n ribbebeen in die hand en Jakhals met syne.

"Nee," sê ou Koos, toe ons wil opstaan om huis toe te gaan, "nee, neef Kerneels, my huis is nie ver nie. Kom eers daar aan. Die tante sal bly wees om met Lenie kennis te maak. Ek het 'n paar baie mooi volstruisvere daar vir die dogter, en Lenie sal my nie affronteer as ek haar 'n sakkie amandels en 'n sakkie rosyne saamgee huis toe nie."

Dit was al skemerdonker toe sit ek en ou Koos nog op sy stoep terwyl die vroumense binne gesels.

"Neef Kerneels, wat moet ek maak? Dis nie vir my mooi om met my ewemens in onenigheid te lewe nie. Julle dink ou suinige Koos Kansa het geen siel of konsensie nie, maar ek weet ek word oud en wat ek hier bymekaar gemaak het, sal ek nie kan saamneem nie. Maar ek kan nie anders reken nie as daardie grond is my wettige eiendom, en ek kan dit nie sommer so laat afneem nie."

"Neef Koos, soos die ding nou staan, is daardie grond vir jou niks werd nie en vir die dorp niks werd nie, want geeneen weet wie s'n dit is nie. Pragtige lap aarde, en hy lê onbewerk. Waarom maak julle nie 'n skikking nie?"

"Sal die dorp skik?"

"Sekerlik sal hulle skik. Die dorp wil nie die landerye hê nie – hulle kan daar geen water op bring nie. Jy kan dit gebruik; jou slote lê bokant. Jy wil nie die seekoegat en die vlei hê nie, wat maak jy daarmee? Maar vir die dorp is dit 'n pragtige park. Sien jy, Neef Koos, soos dit met alle dinge in die wêreld gaan – daar is maar net 'n klein bietjie verstand nodig."

En hier kan ek meteens inlas dat ons dorp vandag een van die mooiste parke in die land het. En waar die ou vrot heining gelê het, is 'n stewige muur, en aan die bokant lê pragtige boomgaarde en wingerde.

Ou Koos en nig Trienie wou ons nie laat huis toe gaan nie, ons moes die aand daar eet. Dit was al laat, toe het die ou vir my en Vroutjie met die kar huis toe gestuur. Engela het met Jakhals en Herrie aangekom.

"Ouman," sê Vroutjie die aand, "noudat ons nader kennis gemaak het, moet ek sê ek hou van ou Koos met al sy takharigheid en gierigheid."

"Verstandige ou kêrel, Vroutjie. Hy bang vir geen derduiwel in die wêreld nie. Toe hy nog 'n opgeskote seun was, het hy 'n tier doodgemaak met 'n brakhond en 'n knipmes. Maar 'n prokureur vrees hy soos die galg."

"'M," sê Vroutjie, "dis seker verstandig. Jy sal weet. Maar hoe verstandig is dit om so skatryk te wees en nog maar dag en nag aan te hou met slaaf, homself nie 'n kneg se kos en klere te gun nie, en dan môre, oormôre dood te gaan, en alles na te laat vir ander om deur te bring?"

"Vroutjie, was meer van ons maar so spaarsaam en werksaam en gierig, dan was ons nasie nie so uitgeplunder en verarm nie. As daardie plase van hom nou aan die Staat behoort het, kon ons 'n voorman gekry het om so te werk soos ou Koos werk, en sonder gasie as alleen sy karige kos en klere? Hy is baie vir die samelewing werd. Ja, en vir homself. Al het hy nou 'n verkeerde afgod daarvan gemaak, hy het van jongs af 'n lewensdoel gehad. Daar is nie op aarde 'n geluk te verwerf wat daarby haal nie. En, Vroutjie ..."

"Ja, Ouman?"

"Hy het geen een kind nie. Hy het my vanmiddag vertroulik vertel wat die voorsienings van sy testament is. Ou Koos het vir ander mense geslaaf en besuinig; nie vir homself nie."

"En, Vroutjie?"

"Ja, Ouman?"

"Het jy met die verbygaan opgelet na ou Koos se bywoners se huisies, en hoe net die kindertjies gekleed is, en die glimlag waarmee die grootmense die ou gegroet het?"

5

Ontmoeting met 'n tevrede vrou

Die volgende dag het ek en Vroutjie verder gesels oor my pogings om aan 'n verdienste te kom.

"Jy weet, Vroutjie, vir 'n man wat te eerlik is om te steel en te eergevoelig om te bedel, wat ywerig is om tot nut te wees van die maatskappy en daarby ook nie ontbloot van bekwaamheid of gebrekkig aan opleiding nie – vir so 'n man is dit bitter swaar om rond te loop en werk te soek en dit nie te kry nie."

"Ja, Kerneels," sê Vroutjie. "Jy is nie die enigste wat ywerig is om die soort werk te doen wat jy nie kan kry nie. Vir watter klas werk sou jy nou eintlik deug, reken jy?"

"Vroutjie, terwyl jy nou een enigste maal so bemoedigend met my praat – ek sal my gedagte laat gaan en vir jou sê. Maar, hoor jy, dan luister jy eenmaal sonder vooroordeel en vooraf gedetermineerde minagting na watter plan ek ook mee te voorskyn kom. Jy weet daar is baie mans – kyk maar rond onder jou onmiddellike bure, ek hoef nie name te noem nie – daar is baie mans wat lyk of hulle nergens voor deug nie, wat tot skitterende sierade van die samelewing sou gedien het as hulle vrouens hulle sou steun en aanmoedig en opbeur in plaas van hulle ewig en altyd plat te druk. Stil nou en wag. Ek gaan daar in die tuin alleen sit, en daar gaan ek diep sit en dink. Moenie my onder watter omstandighede ook laat stoor nie, al kom hier ook wie, buiten om vir my nou en dan 'n koppie koffie en al was dit 'n beskuitjie uit te stuur."

"Nou ja, Kerneels, ek weet al wat daarvan sal kom, maar toe maar. En jy kan solank die bone skoffel, solank as jy aan die diep dink is. 'n Mens dink nie met jou hande nie en jy skoffel nie met jou gedagtes nie."

Ek het dan 'n graaf saamgeneem tuin toe en 'n lekker hangmatstoel om tussenin 'n bietjie te rus as dit altemit nodig word.

Ek moet nou maar eerlik wees en rondborstig beken, ek het nie baie uitgevoer daar op die boneakker nie. Die grond was maar hard, hard en klipperig; die graaf stomp, stomp en swaar van gewig; die kruisgraswortels taai soos voorslae. Van die kweekplekke wil ek nie eens praat nie. Ek het gesteek, steek, steek dat jy my waar en waar kon hoor; maar ek maak niks. Hê jy al ooit geprobeer, leser, om aan 'n murgbeen te sny met 'n loodmes – die soort wat hulle teenswoordig aan jou verkoop vir staal? Dan sal jy self begryp hoe ek met my skoffelry gevorder het. Ná 'n stuk of tien, twaalf vrugtelose bothoue vererg ek my en ek haak af met die mag en geweld wat 'n mens uit jou woede bykry. Ek sou nou dwarsdeur die ellendige harde ronde rivierklippe klowe. "Tjieng" sê die graaf soos hy bo-oor wegglip, drie bonestoele af. Toe het ek maar voorlopig die graaf neergegooi – vassteek om regop te staan kon geen mens hom daar nie – en gaan sit en rus.

Hier vra ek verlof om van die geleentheid gebruik te maak om tussenin te melde dat ek nie van ingebore aanleg 'n eintlike skoffelaar is nie. My aanleg is meer geestelik en verstandelik. Ek vind skoffel 'n ongenoeglike soort werk. My hande raak vol eelte waar dit nie glattendal deurskaaf nie. Ek moet 'n ongemaklike houding aanneem, vooroor gebuk; my rug word seer. Ook word ek moeg. Op sy beste, al is daar nie klippe en droogte nie, is dit 'n eentonige vorm van tydverdryf, oninteressant. Van die een stoel tot die ander, van onder tot bo, van ry tot ry, en die rye is maar altyd ongenadig lank en daar is baie van hulle. Jy hou maar aan, steek-steek-steek, een steek op 'n haar nes die ander, buiten dat hulle hoe langer hoe swaarder word. Afwisseling is daar nie. Die maaltye is ver uitmekaar; die dae is lank; die son is warm. Dis genoeg om die vlytigste man in die stilligheid te laat lus kry om te wens dat hy tog maar liewer 'n luiaard was.

Gelukkig het Vroutjie nie die namiddag tuin toe gekom om te kom kyk hoe 't ek vorder nie. Sy het besoek gekry. Buurvrouens. Daar was niks danig besonders om oor te gesels nie, dus het hulle lank daarmee besig gebly. Ek was dan toe aan myself oorgelaat. Ek had tyd om te sit en rus en om werkplanne uit te dink. Teen skemeraand, toe ek met die skottelgoed hoor werk, het ek opgestaan en die graaf en die stoel gevat en huis toe gegaan.

"Jy het lank geskoffel aan die ou stukkie bone," sê Vroutjie.

"Wat sal ek jou sê, Vroutjie; die grond is maar droog en klipperig." Ek het dit nie nodig geag om by te voeg dat ek nie die werk tot die alleruiterste toe voleindig het nie. Sy sou wel self die volgende dag sien wat ek uitgevoer het. Dis nie my gebruik om moeilikheid tegemoet te hardloop nie. Dis tyd om te prakseer hoe om deur 'n doringdraad te kruip as jy by hom kom.

Die aand ná ete het ek dan met my fyn en kant en klaar uitgewerkte plan voor 'n dag gekom.

"Vroutjie," begin ek, "jy weet dit gebeur met baie mense dat hulle hulleself nie ontdek nie. Hulle word groot, hulle word middeljarig, hulle word oud; en al wat hulle hulle hand aan slaan, is 'n mislukking. Dis omdat hulle al die tyd in die donker rondtas. Hulle knoei en sukkel met diens waar hulle geen aanleg voor het nie. En dan, baie selde maar tog nou en dan, eensklaps ontdek so 'n ongelukskind sy ware roeping. En dan verwonder ons ons dat ons hom altyd beskou het as niksbeduidend en nou skielik staan hy voor ons 'n wondermens. As die geleentheid maar daar is wanneer die ontdekking kom."

"Hy sal wel nie daar wees nie," val Vroutjie tussenin.

"Soetjies, Vroutjie. Gee my tog een stoksielsalige enkele maal die geleentheid om enduit te praat, en gun jouself die kans om te hoor wat ek te sê het. Jy is altyd te halsoorkop voorbarig met jou oordeel, daarom verstaan jy jou man vandag nadat ons duisend jaar getroud is nog nie. Daar het nog altyd voor my 'n onbewerkte akker gelê ..."

"So, Ouman, dan het jy vandag uiteindelik jou roeping by die boneakker gevind? Ek is baie bly. Daar is nie weelderige loon by te haal nie, maar ons het genoeg om van te lewe. Dis die ledigheid wat ek nie kon aansien nie ..."

"Vroutjie, om liefdeswil tog. Ek praat nie van stoflike akkers nie. Luister. Die hedendaagse wêreld is dol om te lees. Die aanvraag is onversadiglik. En die oorsaak lê voor die hand. Jy kan nie boeke in 'n fabriek maak soos kouse en skoene nie. Druk kan jy hulle daar, ja, maar jy moet om mee te begin eers die manuskrip hê. En dié kom nie uit die wiele en slingers en hefbome van dooi masjiene nie, maar uit die harsings en die harte van lewende geskape mense."

"Ja, Kerneels. En daar is baie lewende geskape mense. En jy is een van hulle. Ek verstaan."

"Ag, Vroutjie, jy verstaan altyd te gou en dan verstaan jy verkeerd. Jy moet by die masjien verbygaan om by 'n mens te kom. En dan moet jy by honderdduisend mense verbygaan om by die een talentvolle te kom."

"Net so het ek verstaan, Kerneels, en by jou uitgekom."

"Vroutjie, ek sê jou weer, wag. Moenie elke maal op my stert trap voor ek tyd het om pad te gee nie. Laat ek tog my diskoers op my eie manier ontwikkel soos jy altyd maak.

"Ek wil eers praat van die aanvraag. Sien jy in elke koerant hoedat daar uitgewers adverteer – honderdpondpryse vir outeursmanuskripte? Dan kry jy nog boonop die Hertzog-prys van die Akademie, vyf-en-sewentig pond. En 'n sjieling bonus op elke boek wat verkoop word. Reken suinig, 'n afset van tienduisend eksemplare jaarliks, en jy het 'n vaste inkomste van vyfhonderd pond."

"Kerneels, ek volg jou. Al wat my hinder, is: Waar is al die skatryk skrywers?"

"Daar is nie, Vroutjie; daar is nie. Dis juis my punt. Wat het ons? So goed as niks. Jochem van Bruggen, nog 'n Van Bruggen, Jan Celliers, Leipoldt, Jannie de Waal, Langenhoven, Melt Brink, Jan Malan en Frans Malan, Von Wielligh, 'n stuk of wat Grosskopfe en Malherbes tussenin, nog 'n klomp waarvan die name my op die oomblik ontglip, ja, en hoe's sy naam? Maak ook geen saak nie. Beteken almal niks. Kan geeneen skryf nie. Boeke bly op die rakke lê. En dan word die arme Afrikanerbevolking belaster dat hy nie wil lees nie. Asof hy maar enige ding moet lees wat voorkom. Laat daar een regtige groot skrywer opstaan, en die hele leeswêreld is syne alleen."

"Kerneels, ek verstaan jou nog altyd baie fyn. Jy meen jy sal daardie eerste groot skrywer wees? Ek wil niks sê nie, want jy stop my elke slag, soos jou ou gebruik is. Maar hierdie plan van jou lyk vir my na weer 'n splinternuwe wildekatontwerp, en minder belowend as al die vorige honderde misluktes."

"Vrou, hierdie slag laat ek nie my draad knip nie. Ek het nog maar begin om te praat van ons ou markie hier. Ons mark? Gmf. Ons hele Afrikanervolk is iets oor die driekwartmiljoen. As daar in een week soveel mense in Londen doodgaan, merk jy nouliks 'n vermeerdering in die begrafnisse. Die Engelssprekende wêreld bestaan uit 'n tweehonderdmiljoen mense. En almal lees; doen niks anders nie as lees; van die môre tot die aand, en snags. Om in daardie ontsaglike behoefte te voorsien, hoeveel skrywers is daar? Nie meer as ses wat iets beteken nie. En moet tog nie met my van die dooies praat nie. Shakespeare en Milton en Chaucer en Spencer en Ben Jonson en Dryden – jy onthou nog die hele ou spul name uit jou kop uit. Waar word hulle gelees? Op die skole en universiteite en nêrens anders nie. En daar word hulle vir jou met geweld ingeprop nes vet-en-peperpille vir 'n lam hoender. Jy het gehoor wat Engela gesê het.

"Dink aan al die tydskrifte, al die magazines wat gereeld moet vol kom. Dink aan die duisende op der duisende boeke wat jaar vir jaar moet gelewer word. En ses skrywers! Daarom is die uitgewers radeloos; en nie net die ses wat iets werd is nie maar die sesduisend wat niks werd is nie, vra wat hulle wil. Eers is hulle by die boek betaal, toe by die hoofstuk, toe by die bladsy, toe by die reël, toe by die woord, nou by die letter. En dan is daar nog die ander lesende nasies, Duitsers, Franse, Spaanse, Portuganse, Italiaanse ... ek noem maar 'n paar. Besef jy wat dit beteken, Vroutjie? Skryf een groot Afrikaanse boek wat in al die tale van die wêreld oorgesit word en reken uit. Jy weet, die beskerming van kopiereg is nou internasionaal. Dink, Vrou, dink: 'n wêreldmonopolie met 'n onversadiglike aanvraag!"

Ek sien Vroutjie begin geïnteresseerd te raak.

"Ja, Ouman, en hoe 'n soort boek moet dit wees?"

"Vrou, jy vra my om die onbeskryflike te beskryf. 'n Boek waar daar siel in is en hart en brein, humor en patos, gevoel, verstand, peillose mensekennis. 'n Boek wat jou laat lag en jou laat huil, wat jou laat smag na die onbereikbare, wat jou gedagtes wegvoer tot die berge en die afgronde van die oneindigheid. 'n Boek wat jou laat brand van 'n nuwe en ongekende besieling tot jou bloed soos gesmelte goud in jou are kook en jy voel of jy die wêreld op jou skouers kan neem en wegdra uit al sy leed en jammer en kommer, en juig oor jou martelaarskap omdat jy vervoer en verruk is tot waar smart ekstase word. Ja, maar 'n boek wat jou dan weer laat sidder en van wanhoop begeer om voor alle menseoog en voor jou eie weg te kruip omdat jou gewete jou doem tot die dieptes van 'n hel sonder hoop op troos."

Toe ek hier kom, was ek so opgewonde dat ek regop staan met gebalde vuiste en vonkelende oë. Vroutjie is ook van my geesdrif aangesteek. Sy staan op, gee my 'n soen, druk my weer neer dat ek moet sit, gaan self langes my sit op 'n kussingstofie, en hou my hand in hare vas. "My ou man, my ou man! Skryf daardie boek; begin sommer vanaand. Ek sal sorg dat jy koffie kry soveel as jy kan drink; ek sal sorg dat die huis stil gehou word. Ek gaan nou vir jou my papierblok haal en môre sal ek nog 'n ses dosyn bestel. En gebruik maar my vulpen."

Sy wil opstaan om die papier en die pen te gaan haal. Ek hou haar vas. "Vroutjie, Vroutjie; jy is altyd, altyd te haastig. Dink jy ek sien kans om so 'n reusetaak meteens te bevlie, sonder voorbereiding, sonder bepeinsing, sonder 'n ontwerp, 'n plan, 'n skema, 'n tema? En sien jy hoegenaamd kans, Vroutjie, dat ek die man is, ek my sigselwe, om so 'n stuk voort te bring? Waarvoor sien jy my aan?

"Vroutjie, ek weet; ek weet, Vroutjie, elke man is 'n held vir sy vrou, net soos sy vir hom, en hoe langer hulle getroud is, hoe meer – hoe getrouder, hoe helderder. Maar 'n mens moet nou darem nie jou onstuimige liefde jou kalme oordeel laat agterstebo en onderstevoor waai nie.

"Nee, Vroutjie, nie ek nie en niemand anders op die aarde kan self alleen so 'n boek skryf soos ek in die gedagte het nie. Dink nou 'n oomblikkie ná. Hoe lank is daar al mense aan 't skryf, beginnende sê nou maar by Homerus, 'n drieduisend jaar gelede. Daarvandaan skryf die mensdom een boeg aanmekaar, onafgebroke, tot die huidige dag toe. Want elkeen verbeel hom hy het iets te sê. Almal wil onderwys gee, raad gee, praat, skryf, preek. Daarom praat vroumense saam, gelykop, een die ander oorskreeuende; geeneen wil luister nie; elkeen wil die ander laat luister. Ek meen mansmense, natuurlik. Elkeen is vurig om sy ewemens te bekeer; dit kom nie in sy gedagte dat hy dit self nodig het nie. Daarom is al my bure nog onbekeerd, nieteenstaande my ywerige arbeid aan hulle my lewe lank.

"Maar wat ek wou sê, onder al daardie agtereenvolgende generasies van skrywers was daar tog darem mense soos ek en jy, mense van verstand en gevoel, slim mense, diepsinnige mense, kunsvaardige mense. En van al daardie uitgesoektes, die keur van die menslike geslag, het nog nie een, nie een enkele, op verre, verre na, so 'n wonderboek aan die wêreld gegee as wat ons hier in die gedagte het nie. Dan was daar mos, deur so 'n invloed, lankal 'n nuwe wêreld in plaas van hierdie tranedal van sotheid en sonde.

"Nou ja, Vroutjie, sal jou ou man dan nou, ná al die duisende jare, die een bestemde en aangewesene wees om daardie bowemenslike hoogte te bereik? Nee, Vroutjie, laat ons nederig wees. Beskeidenheid is altyd die kenmerk van uitmuntendheid. Geredelik gee ek jou toe dat ek een van die seldsame bevoorregtes, ja en met verantwoordelikheid beswaardes is, aan wie die tien talente toevertrou is. Maar vir hierdie werk moet jy nie tien talente hê nie, jy moet duisend hê."

Vroutjie se gloed was nou al aanmerklik afgekoel. "Nou ja, Kerneels, en toe dan? Jy het nou 'n anderhalfuur gepreek en jy kom uit op niks."

"Vroutjie, my beurt. Vanaand as ons die kers doodgeblaas het, jou beurt. Tien talente, sê ek, is glad ontoereikend. Maar tienmaal tien is honderd en tienmaal honderd is duisend. Al wat nodig is, is vermenigvuldiging."

"'M. 'n Duideliker ding, Kerneels, het jy nog nooit gesê nie. Ek sit maar net en dink – waarmee wil jy vermenigvuldig?"

"Met jou, Vroutjie. En dan weer met Engela. Tien maal tien maal tien, en daar het jy dit. Jy weet, Vroutjie, daar is kastige voorgegeede gevalle van boeke wat deur twee outeurs gesamelik geskryf is. Moenie glo nie. Dis leuens en bedrog. Wat eintlik gebeur het, is dat die een hier geskryf het en die ander daar. Wat daarvan gekom het, is dus 'n bont boek, twee boeke deurmekaar. Ons drie, ek en jy en Engela, sal die eerste voorbeeld van innige volmaakte kollaborasie verskaf in die letterkundige geskiedenis van die wêreld. Ons is man en vrou, ons is ouers en kind. Twee wat reeds een was en tog nog deur 'n derde wat met elk van die twee een is, verder verenig. Waar is Engela? Ons moet begin. Ons het genoeg van ons kosbare lewensjare verkwis."

"Engela is pos toe met 'n seun saam."

"So. Die arme seun weet seker nie dat sy van 'n ander seun 'n brief verwag nie."

Toe gaan die voordeur oop. Ons hoor Engela die jongkêrel in die voorkamer inneem. Sy kom eers vir ons die rekenings en goed bring wat sy op die pos gekry het. Ek merk dat sy een brief uithaal en opsy hou. Ek sien baie dinge raak wanneer ek vir mense lyk nes een wat aan die slaap is.

Behalwe die last reminders en so was daar vir Vroutjie 'n stuk of wat briewe en vir my een. Ek sien hy dra buite op die stempel van die Universiteit van Stellenbosch.

"Wat sou die Universiteit van my wil hê?" brom ek. "'n Kollekte? Dis ek wat die man is wat behoefte het om voor gekollekteer te word. Wat sou dit wees, Vroutjie?"

"Maak die brief oop, Ouman, en kyk." Sy hou maar met die lees van hare aan.

Ek skeur die konvert oop. Die inhoud was soos volg:

Weledele en geagte meneer Neelsie, – In verband met ons skema van eksterne –

"Wat beteken 'eksterne', Vroutjie?"

"Ek weet nie. Laat staan vir my."

"Jou laat staan? Nooit! Jukskei maar nie egskei nie."

Ek begin weer:

In verband met ons skema van eksterne lesings, sal die universiteit u baie dankbaar wees as u 'n reeks lesings vir ons studente wil kom hou oor die volgende onderwerpe: –
Egiptologie,
Assiriologie,
Die verlore Kretaanse beskawing,
Die Homeriese probleem,
Die Skrif van die Fenisiërs,
Primitiewe Romeinse regsbegrippe,
Die vermoedelike geskiedkundige bronne van Thukidides,
Die stigting van die pousdom,
Die filosofie van Boeddha.
Die wysiging van die Darwiniese teorie deur oorwegings ontstaande uit moderne proefnemings na aanleiding van die waarnemings van Mendel,
Einstein se Teorie as 'n vervanging van Newton se beskouings omtrent die eter en die swaartekrag,
Die nuwere wetenskap en die samestelling van die atome,
Moderne kosmogonie,
Die fundamentele petitio principii *van die metafisiese bespiegelings van Descartes,*
Die panteïsme van Spinoza,
Stuart Mill se misopvatting van Hamilton se "Philosophy of the Unconditioned",
Die pessimisme van Schopenhauer,
Verwantskapsgroeperings van die tale van Brits-Indië,
Die ontwikkeling van die Gotiese boukuns,
Die Freudiaanse psigologie as uitvloeisel van essensieel perverse geslagsbeskouing.

Ons bedoeling is geensins dat u bowegaande lys moet beskou as voldoende nie. Vir die verdere onderwerpe, na u eie keuse, met die behandeling waarvan u ongetwyfeld gewillig sal wees [om] ons te bevoorreg, sal ons graag geleentheid maak.

Nadat ek gewag het vir Vroutjie om op die ent van haar briewe te kom, en vir my eie duiseligheid om bietjie op te klaar, lees ek vir haar die brief voor. "Vroutjie, wat ek nie van hierdie twintig onderwerpe af weet nie, is genoeg om twee groot bevolkings kranksinnig te maak."

"Ouman, lees die brief nog 'n slag vir my voor, Ouman."

Ek doen dit. Ons sit 'n rukkie stil, sy met haar gedagtes, ek met myne.

"Ouman, eindelik ná lange laaste, begin jy waardering te ontvang. Dis 'n skitterende eer wat Stellenbosch jou bewys. Dis 'n wonderbare verrassing, Ouman."

"Soos jy sê, Vroutjie, 'n wonderbare verrassing. Die wonderbaarlikheid daarvan lê daarin dat hulle juis by my kom aanklop. Dit moes mos darem vir hulle moontlik gewees het om voorlesers te kry van erkende gesag en bevoegdheid. Daar is nog nergens openbare blyke gegee dat ek van enigeen van hierdie vakke 'n grondige studie gemaak het nie."

Solank as ek en Vroutjie nog gesels, het Engela se besoeker nag gesê, en sy het tyd gehad om haar brief in haar allenigheid te lees. Toe sy inkom na ons toe, vertel ek haar van die plan van die meesterstuk van 'n boek wat ons drie sou skryf.

"Nee, Kerneels," val Vroutjie in, "daar sal nog altyd tyd wees om die boek te skryf. Hoe ouer ons al drie word, hoeveel meer mensekennis sal ons daarvoor versamel. Nee, Engela, jou Pappa gaan eers 'n reeks lesings hou op Stellenbosch."

So is Vroutjie se manier. Sy vra nie vir my nie; sy sê vir my.

Engela lees die brief. Sy vee met haar hand 'n glimlagflikkertjie van haar lippe af sodat daar skone erns oorbly, maar nie voordat ek dit onderskep het nie. Ek lyk verniet nes een wat nie dinge sien nie.

"Pappa se kind," – ek hou my onnosel – "Pappa se kind,

ek was in die ou dae op Stellenbosch, jy in die jong dae. *Temporibus mutatis, universitas mutata est in illis.* Sê vir Pappa, uit die rykdom van jou meer up-to-date ondervinding, hoe leg jy hierdie uitnodiging uit? Ek suppose nie dat dit 'n practical joke is nie, anders moet daar sedert my tyd 'n splinternuwe sense of humour ook ge-arise het onder die professore."

"Watter taal praat Pappa dan nou?"

"Die power of association, kindjie, in werking gebring deur herinneringe aan my ou studentedae. Maar ek raadpleeg jou mos nou."

"Pappa, ek kan alleen maar oordeel volgens my ondervindings in die letterkundige kolleges. Pappa weet, al die grootste skrywers word daar behandel, en op so 'n manier dat geen student in sy later leeftyd ooit weer 'n reël van hulle werke lees nie. Niks as hulle foute en gebreke word vir hom gewys, sodat hy met ewigdurende walgende minagting vir hulle besiel word."

"Nou verstaan ek die bedoeling, Ouman," sê Vroutjie met stralende oë.

"Vroutjie, 'n vroumens is so vinnig soos 'n blits. So vinnig en skerpsinnig dat sy dikwels dinge raaksien wat nie bestaan nie. Maar ek is mos darem ook nie so hopeloos bot nie; sou dit van die ham en eiers wees? Maar regtig, ek kan geen skemertjie daglig in hierdie donkerheid sien nie."

"My liewe tyd, Ouman; is dit dan nie alte duidelik nie? Die professore moet self daardie onderwerpe doseer waarvan hulle vir jou die lys gestuur het. Maar hulle is nie gebore in staat om foute te ontdek in die wetenskaplike teksboeke wat daaroor handel nie. Nou wil hulle jou laat lesings voordra wat gebruik kan word vir korreksiedoeleindes. Hulle weet nie waar om materiaal te kry wat beter geskik sal wees vir die doel nie. Hulle moes mos die onkundigste soek."

"Vrou, nou word ek kwaad. Keer my dat ek nie iets breek nie. Daardie mense moenie my vir gek hou nie. Ek laat my van geen niemand vir spotgereedskap gebruik nie."

"Kerneels, jy sal nie die uitnodiging van die hand wys nie."

"Nee, sekerlik nie, Vroutjie. Juis nou nie. Ek sal dadelik skryf om dit aan te neem, maar uitstel vra weens ander dringende pligte. En dan gaan ek dag en nag studeer op daardie onderwerpe. As ander mense hulle kan leer, kan ek hulle leer. Ek is oud, maar ek is nie kinds nie; my geesteskragte is nou eers vol en ryp. Ek het met genoeg geleerde mense in aanraking gekom om te weet dat daar geen buitenmatige verstand nodig is nie. Van nou af wil ek nie van vrou of kind of buur of kraai gestoor word nie. Ek sal Stellenbosch se professore laat foute soek in my voortbringsels. Ek sal hulle op hulle knieë vir my laat bid en smeek dat ek tog nie hulle kos uit hulle mond moet neem nie."

"Mamma," sê Engela, "as Pappa ongestoord wil wees by die reeds lang vertraagde voortsetting van sy opvoeding, dan sal dit nie deug vir ons om hier te bly nie. Dag vir dag is daar maar gedurige hindernis en ergernis. Dan kom een met 'n klagte, dan kom een met 'n rekening of met 'n storie of met 'n preek; dan kom daar familie kuier ..."

"Ja, Engela, dan kom daar hierdie jongkêrel, dan kom daar daardie modemaker – waarheen het jy gereken om te vlug?"

"Pappa, ons het mos ons ou plek. Ons span Herrie in die trem en ons ry weer Meiringspoort toe, weg uit die gewoel en gewemel van die wêreld. Daar kan Pappa met onbelemmerde en onafgebroke inspanning studeer."

"En jy en jou ma?"

"Pappa weet goed dat ek en Mamma lankal 'n vakansie nodig het."

"Wat sê jy, Vroutjie?"

"Ouman, ek dink Engela het gelyk."

Met loflike huislike harmonie is die besluit dan vas geneem.

Die kollaboratiewe skrywery van die groot meesterstuk is uitgestel totdat hierdie akademiese taak eers voltooi sou wees. Vandag nog praat ons drie nog gedurig oor niks anders as daardie boek nie. Aspirantlesers van die toekomstige groot werk moet tog maar asseblief geduld gebruik.

6

Ontmoeting met 'n boer

Tot tweede-derde hoenderkraai het ek die nag wakker gelê van opgewondenheid. Waarlik, dit was nie 'n geringe onderneming waaraan ek my onder die aandrif van 'n oomblik, en sonder om die koste te bereken, begewe het nie. Eindelik het ek aan 'n onrustige slaap geraak.

Toe ek wakker skrik en met inspanning my oog oopsukkel, kyk ek vas in die gesig van die son. Verder sien ek voor die venster Herrie se slurp heen en weer krul om 'n opening binnetoe te soek nes 'n klimoprank wat by die boent van sy paal verby is. Voor my kooi staan Jakhals regop en brom en krap-krap aan my. Hy is bitterlik verontwaardig oor so 'n verslegtering by sy oubaas.

Wat op aarde, dog ek in my deurmekaargeid, het daar gebeur? Ek my verslaap en Vroutjie dit toegelaat! Na dese sal daar min dinge wees wat ek nie glo nie.

Ek word 'n verder entjie wakker; ek beur my ander oog ook oop; ek kyk op. Hier voor my staan Vroutjie al die tyd, 'n rokende, geurige koppie koffie in die hand!

"Môre, ou liefste. Ek was half in die twyfel of ek jou nie maar nog sou laat slaap nie, my arme ou man. Maar toe het ek gereken jy sou liewer wil geroep word om op te staan en te begin met die klaarmaak."

Klaarmaak, klaarmaak? Waarvoor? ... En toe, o hemel,

meteens skiet gisteraand se besluit my te binne. Dit gebeur meermaal dat 'n plan in die oggend se son anders vertoon as by die aand se kers.

Vroutjie gee my 'n soen. "Wag, Jakhals, wag; af; jy gooi netnou jou oubaas se koppie om."

"Wat is liefde tog nie vir 'n man werd nie, Vroutjie. Een vrou is darem anders as 'n ander."

"Ja, Ouman, maar jy verdien ook om lief gehê te word. Waar het ek ooit kon dink dat die voorreg my sou te beurt val om 'n geleerde man se vrou te word! Liewe tyd, ek is jammer vir die buurvrouens. Hulle sal die stuipe kry van afguns."

Die eerste werk was natuurlik om die boeke te bestel. Ek wou eers nadink hoe om daarmee te werk te gaan en die tweededagoggend die bestelling begin te maak. "Nee, Ouman," sê Vroutjie; "loop jy vanoggend dadelik deur en bestel die boeke. En luister nou hier – maak jou oor niks op aarde moeg nie. Al wat in die huis en buite die huis moet versorg word, sal ek reghou."

Ek wou maar al draai en versuim om die kwaaie dag vorentoe te skuif. Op pad deur dorp toe het ek soos gewoonlik baie mense teëgekom. Anders is dit my gebruik om te groet en verby te loop. Ek bemoei my nie met ander mense se sake nie en ek hou nie daarvan dat hulle hulle met myne bemoei nie. As jy eers begin te gesels, weet jy nie waar jy sal afbreek nie. Van gesels kom gesels; van praat kom praat. Ek is 'n man wat soveel as moontlik soek om sonde te vermy. Hierdie oggend moet dit vir die bure onverklaarbaar gewees het dat ek so skielik van geaardheid verander het en gesellig geword het.

Ou Klets Nuusdraer, wat ek ook gestop het om mee te staan en gesels oor niks besonders nie, kom al digterby om te ruik of hy nie iets aan my asem kon bespeur nie.

Boulton se boekwinkel is by Swaer Brits se oorlosiewinkel verby. Om nie te halsoorkop te werk te gaan nie, en om familiebande ontwil, het ek eers by die swaer ingegaan om môre te sê.

"A, môre Swaer Neelsie." (Do, re, me, do.) "Maar, Swaer

Neelsie, wat op aarde … hoe lyk jy dan vanoggend … ek wil nie sê so bedruk nie –" (Fa, la, la, fa.)

"Swaer Brits, my hart voel ver van opgeruimd. My oorlosie" (do, te, la, te), "my oorlosie" (so, la, so, me), "my oorlosie het lus om te dwing om te gaan staan."

Die swaer vang my oog en trek dit met syne langes die muur heen en weer.

"Nee, Swaer, nee. Ek praat sinnebeeldig. Dis nie my huisklok nie, al vrees ek hy sal van nou af 'n bietjie vinnig loop na my sin; dis die veer hierbinne" (ek tik op my hart), "dis hierdie veer" (do, re, me, fa), "dis die veer hierbinne wat besig is om slap te word." En toe vertel ek hom van die geestelike berge wat ek onderneem het om te gaan platloop.

Die ou swaer word oombliklik so verruk van ingenomenheid dat hy hom net betyds bedink om nie aan 't dans te gaan nie. "Masbiekerland se Moses!" (Do, re, me, fa; fa, me, re, me; re, me, re, doe.) "Genugtigste grootjie" (ek verbeel my ek het vantevore gemeld dat die ou swaer 'n ouderling is), "ons kry 'n geleerde man in die familie!" (So, do, so, so, so, do, do, do.)

Dit was nou die soort troos wat ek kry. Dis lekker genoeg om te juig oor die heldemoed van 'n ander, optrekkende na die slagveld. Maar 'n swaer is maar nie 'n broer nie. En dié is nie eens altyd wat hy behoort te wees nie. Ek het maar kortaf dag gesê en geloop, en ingestap by Boulton nes by 'n tandarts.

Om my senuweeagtigheid te verberg, hou ek my koddig. "Ah, good morning, Mr Boulton. Nice winter after the spring. Still keeping that working knowledge of Dutch? Or has it been working itself out? Ha, ha, ha!"

"Good morning, Mr Sachmoodiker Nealsy. Ek hoop ek jy seen, how say you, kesound?"

"Meneer Boulton, ek het groot besigheid met jou te doen vandag. Bring vir my al jou katalogusse, joue en die Kaap s'n – laat ek sien, wie het 'n mens daar? Juta, Maskew Miller, Darter se broers … Ja, en at home; jy weet wat ek bedoel, anderkant die seewater … bring almal hier bymekaar."

"What 'er sort?" vra hy. "Light reading?"

"Moenie nog van ligte leesstof praat nie. Ek kan nie die verwyderde toekoms raaksien wanneer ek weer daarna sal durf kyk nie. Ligte leesstof! Ek soek donkere, donkere en sware, al wat onlig is. Wysheid en wetenskap. Moet ek dit vir jou op Engels sê? Science, Mathematics, Metaphysics, Philology, Philosophy, Psychology, Pathology, Mythology, Demonology. Daardie soorte goeters. Ek onthou nie al die geleerde name eens nie. Maar ek moet almal hê en van almal die hoogste."

Toe hy die katalogusse voorbring, kom ek op die eerste moeilikheid. In Afrikaans is daar omtrent hoegenaamd nie sulke gevorderde tegniese werke as wat ek na soek nie. Ek bars met wreweligheid los oor die slim mense. "Pleks dat hulle vir ons die boeke skryf wat ons nodig het, bring hulle hulle tyd deur met dié wat ons in ons eenvoudigheid voortbring, stukkend te skeur. Resenseer, resenseer, resenseer. Kritiseer, oordeel, afbreek. Hulle verdien erger as die galg."

"Somebody been annoying you?" vra Boulton.

"Ja. En jy ook. Waarom kan jy nie my taal praat nie? Maar ek sê nou vir jou, hoor jy, ek laat my nie deur 'n taal afskrik nie, verstaan jy my? Ek is nie 'n ver… ver… 'n afgedankste Engelsman nie, of wat is jy, 'n Skotsman? Bestel die boeke wat ek nodig het, traak my nie waarvandaan of wat hulle kos of in watter miesrawele tale hulle geskryf is nie, Hollands, Duits, Frans, Engels, Grieks, Hebreeus – let them all come. En ek wil ook nie verder boeke kies nie; dis nie my besigheid nie, dis joue om te bepaal wat ek nodig het. Jy is die vakman. 'n Mens gaan nie na 'n dokter toe en sê vir hom watter medisyne hy jou mee moet doodmaak nie, nog ook na 'n prokureur toe en maak self jou bill of costs uit nie."

"Yes, but surely I must know what you want."

"You mean what I don't want," sê ek, "but I have to want them." En ek haal die Stellenbosse brief uit en ek gee hom dit. "Daar's die vereistes. Kry vir my wat ek nodig het, maar die beste. Die allermodernste en hoogste en diepste en langste en breedste. Doen jy jou deel; ek het myne om te doen. Ek gaan my trem overhaul – sien jy, ek is nie eentalig nie –

en as ek klaar is, wil ek die boeke hier hê om op te laai. Dag, meneer Boulton."

Daarvandaan is ek na Pie-Wie toe om te gaan verf koop.

Daar is geen plek in 'n waenhuis vir 'n trem nie. Of jy moet eers die trem hê en dan die waenhuis bou. Van die tyd van ons eerste reis af staan my trem nog altyd buite, aan wind en weer, son en reën blootgestel. Ek het gedag om sommer aan die skilder te gaan, maar toe ek met die kombuisbesem die ergste stof afgevee het, sien ek tot my vreugde die haastigheid sal nie deug nie. 'n Windbarsie of selfs 'n gespringde voeg kan jy taamlik met verf onsigbaar maak, nes 'n onvoorbeeldige vroumens die spore van ouderdom of ongeregtigheid. Maar nuut maak, kan jy nie daarmee nie, net so min as wat jy daarmee kan jonk maak of onskuldig maak. Van die trem se houtwerk was vrot geword; van die ysterwerk deurgeroes. Ek moes my skrynambag en my smidsambag eers toepas. Dit het my twee, drie maande se harde toelê gekos. Maar ag, die heerlike handearbeid – hoe het ek dit tog nie geniet en gewaardeer nie! Ek wis ek sou dit weldra moes opsy sit vir 'n ander soort inspanning. Elke mens het sy aanleg. Myne is vir liggamelike bedrywigheid. Buiten boneskoffel.

Herrie was eintlik lastig daar by my werk. Orig om van diens te wees. Baie handig, sommige plekke, om swaar blokke te help deursaag of die steenkool hitsig te hou met sy slurpblaasbalk waar ek ysters moes smee. Maar dan weer van gedienstigheid draai hy moere los wat ek met swarigheid vasgedraai het op slegte plekke waar ek nie kon bykom nie, of as ek my rug gedraai het, saag hy klaargesaagde boute verder. Nes 'n kindjie wat vir die pappie wil handlanger wees.

Eendag het ek ongeduldig geword en vir Engela gevra om tog om liefdeswil met Herrie en een of ander seun te gaan uitry. Maar dink jy hy wou 'n voet van die werf af versit? Verseg. En wat maak jy met 'n steeks olifant? Niks. As sedelike tug nie help nie, is jy magteloos. Herrie het net so fyn verstaan, sweer ek jou voor, dis sy rytuig wat daar reggemaak word en ons gaan weer op tog.

Intussen het die boeke klompe-klompe begin aan te kom. Ek het hulle maar ongestoord in die kaste laat bly.

"Ouman," vra Vroutjie, "is jy dan nie nuuskierig om hulle eers deur te kyk nie?"

"Vroutjie, jy ken my geaardheid. As ek aan die gang is, stop niks my nie. As ek durf een van die boeke nou oopmaak, begin ek te leer, en net nou raak ek so verdiep in die studie dat geen mag of gesag op aarde my daarvandaan sal wegbeweeg nie. En hoe kom ons trem en ons tog-toebehorings in gereedheid? Nee, Vroutjie, moenie my in die versoeking bring nie. Wag tot ons uitgespan staan onder die kranse in die stille eensaamheid van Meiringspoort. Daar sal ek die boeke uitpak; eerder nie."

Maar ek kan myself nie verwyt dat ek halsoorkop haastig was met die klaarmaak en my mag gebreek het met oorwerk nie. As ek verbrui het was dit eerder na die versuimkant toe. Want hoe korter die tydjie word, hoe aakliger lyk die vooruitsig wat my wag. Te erg versuim, en te veel ongelukke kry met verkeerde maatneem en so, kon ek darem ook nie. Vroutjie en Engela en Herrie en Jakhals stook my te veel op. Hulle moes nie gaan studeer nie.

Soos die vorige keer het ek gesorg vir al wat nodig was. Ek hoef nie te herhaal van die makoue in die draadhok onder die buikplank, die potte en panne, tafels en stoele, kombuisgereedskap en voorkamermeubels, kos en drank, wat ek opgelaai het nie. Al wat die eerste slag saamgegaan het, het weer saamgegaan, met meer wat ons toe vergeet het en later gemis het. En 'n nuwe verskeidenheid van meisieklere, korter hierdie slag, maar niks goedkoper nie. En dan die reusagtige versameling van boeke. Hulle was in groot negosiekaste gepak, kaste op kaste, bo op die dak. Daar, sal die leser van die vorige reisverhaal onthou, was ons oop sitplek in die koele oggende en in die stille nagte. Maar as ons weer op ons bestemming sou aankom in Meiringspoort, sou ek die boeke uitpak op die rakke wat ek binne aan die mure aangebring het. En dan, was die plan, sou Vroutjie en Engela weer hulle plek hê om bo op die dak te gaan sit en die sterrehemel te bewonder en bekoor te word deur die stemme van die nag terwyl ek binne by 'n kers sit met 'n nat handdoek om my kop.

Eindelik was die oomblik van noodlot dan daar. Hoe anders het ek nie hierdie slag gevoel nie as daardie vorige maal toe ek met blymoed in my hart en 'n skone vooruitsig voor my oë voor my agterdeur vir Herrie gesê het "Vat!" Hierdie slag was dit vir my nes 'n reis na die galg.

Toe ons by die hek uitdraai en met die straat wegdraai, kry Engela my aan die arm beet en sy skud my. 'n Dogter doen met 'n vader wat 'n seun nooit sal durf nie. "Pappie, Pappie, moet tog nie so 'n miesrawele, tragiese gesig opsit nie. Moenie 'n nat kombers wees nie. Ons is almal so jollie, ek en Mamma en Herrie en Jakhals. En Pappie lyk nes 'n verdoemde, ek meen 'n veroordeelde."

"My in den hemel, Engela," sê Vroutjie, "moet tog nie so 'n ondankbare kind wees nie. Is jy nie hoogmoedig vandag nie? Jou Pappa was maar altyd, hoe sal ek sê, nes hy effentjies half … hoe sal ek dit noem, nie roekeloos of ligvaardig nie, nee glad nie, maar nes een wat nie ten volle die erns van die lewe besef nie. En nou? Hy is 'n ander man, 'n nuwe mens. Hy het 'n gevoel van verantwoordelikheid opgedoen. Wees dankbaar, my kind."

"Ouman," vra sy toe ek Herrie by Kerkstraat instuur, "ry ons dan nie oor die brug nie? Hierdie drif is mos alte swaar?"

"Vroutjie, soos jy sê, ek het 'n nuwe besef van verantwoordelikheid. Die trem is swaar, Herrie is swaar, Engela se klere is swaar, korter maar talryker. En ons het twee transportwavragte se gewig van boeke by. Die boeke is swaar; glo vir my, Vroutjie, hulle is bitter swaar. Ek is bang die brug kan dalk instort."

Ek sit 'n rukkie stil. "Buitendien, Vroutjie …" vervat ek.

"Ja, Ouman."

"Buitendien, Vroutjie, onthou jy nie die sonde wat ons laaste gehad het toe ons hier deur die ellendige dorp gery het nie? En nou sal dit erger wees. Hierdie slag weet die burgemeester en die konstabels en die laaste vervlakste kind van ons koms. Jy weet, Vroutjie, jy het nie ons planne dig gehou nie. Ek sê nie jy moes nie gespog het nie, maar so is dit nou. Ek verwag die dorp se spul lê my in Sint Jan se straat voor. Ek wil hulle kul. Solank as hulle my daar inwag, is ek van plan om met Kerkstraat verby te glip."

Toe ons die drif by die hangbrug deur was en die hoogte anderkant uitkom, sien ek daar bo, voor die magistraatshof, staan Kerkstraat gepak van 'n ontelbare menigte.

"Vroutjie," merk ek op, "vandag moet daar 'n baie lelike saak voor wees. Kyk die gepeupel. Vroutjie, ons moet hier wegdraai en Vanderrietstraat op. Tussen daardie massa van mense kom ons nie sonder sonde met die trem deur nie. Ek wil hulle nie doodtrap nie. Ek is nie meer so ligsinnig soos ek was nie."

(Daardie aanmerking van Vroutjie aan Engela, kan ek hier tussenin voeg, steek vandag nog in my krop.)

Maar jou wrentie, toe sien ek dis darem weer vir my wat hulle kom opwag het. Hulle moet spioene uitgestuur het en rapport gekry het met watter straat ek deurkom. Want net soos ek by die Saamwerkhoek wegswaai om nog weer 'n ander koers te vat, los die skare daarbo, nes 'n dam wat breek, en hulle stort my toe, die ou vet konstabel Juggins op die voorpunt. Hygend hardloop hy my voor en hy hou sy twee arms wyd-waterpas, nes 'n voëlverskrikker. "Stop," sê hy, "hokaai, hokaai!"

Herrie kyk om om te verneem hoe 't hy hom moet gedra. Jakhals snuif-snuif aan Juggins se broekspype, maar ook met sy een oog op my. Die skare gly weerskante verby om my voor op te dam.

"Juggins," sê ek, "konstabel Juggins ..."

Vroutjie vat aan my arm. "Soetjies, Ouman, moenie ongeduldig word nie ..."

"Stil, Vrou." Ek druk haar saggies met my arm agter my in. Ek haal my sakoorlosie uit. "Juggins," sê ek, "ek is 'n gesagsonderdanige man, nie roekeloos of ligsinnig nie. Maar ek laat my nie met voorbedagte en omsonse moedswilligheid in my wettige reg belemmer nie." Ek tik met my voorvinger op my oorlosie. "Juggins, ek gee jou presies vyf minute. As die publieke straat dan nie voor my skoon is nie, trap ek vir my 'n pad deur jou en deur jou medepligtige bende van leeglopers, wat dit eerder jou plig was om in die tronk te besorg as om vir kalfakters te versamel om vreedsame burgers te molesteer. Julle sal vandag in hierdie dorp hospitale en lykhuise kortkom."

"Vyf minute sal genoeg wees, Meneer. Die burgemeester en die magistraat is aan 't kom."

"Laat hulle kom," sê ek. "Loop haal die eerste minister ook. En die leier van die opposisie. En die goewerneur en die koning. Ek wil nou eenmaal aan hierdie stelselmatige vervolgery 'n finale ent maak."

Net toe die vyf minute om was, knip ek my oorlosie toe en ek steek hom in my sak.

"Herrie," sê ek.

Herrie kyk op na my toe.

"Neelsie, Neelsie!" hoor ek die burgemeester se stem van agter af, "jy is onder 'n misverstand, man. Ons, ingesetenes van die dorp, het almal bymekaar gekom vandag om jou hulde te bewys by jou vertrek."

Toe kom die burgemeester en sy entoerasies, die vernames en die hooggeborenes, die vooraansitters in die sinagoge en die voorsuiers onder die parasiete, almal met manelle en pluishoede gewapen, in 'n halfmaan om die voorent van die trem staan. Die burgemeester rol 'n adres oop, skitterend van illuminasie, ses by vier, maak 'n paar maal keel skoon, en lees dit vir my voor. Hoe die dorp se mense my loopbaan van die der jare af met belangstelling gadegeslaan het; hoe hulle my op die nuwe weg wat ek nou inslaan alle heil en voorspoed toewens; hoe 'n eer dit vir Oudtshoorn is om 'n man in sy midde te hê wat bereid is om hom, teen welke koste en opoffering ook, te bekwaam om die voorrang, ja die allereerste plaas in te neem onder die hoogste geleerdes van die wêreld. Ensovoort, ensovoort.

Vroutjie, dog ek, het nie gras onder haar voete laat groei met haar reklaam nie.

En toe word die optog gereël, elkeen gerangskik volgens graad en stand, tot die klonkies aan die punt van die stert.

Hoe anders was dit nie vandag as met daardie vorige deurreis nie! Toe is ek nes 'n verwilderde hond die dorp deur, stert tussen die bene, met hier 'n hap links en daar 'n snou regs om maar los te kom van my vervolgers. En vandag word ek uitgeleide gedoen onder die verering van die uitnemendstes, met wapperende vaandels en skallende trompette. Waarlik, die hulde van die menigte beteken soveel as sy hoon.

Hoe anders! Ja, en nog 'n maal, hoe anders! Hoe het my hart toe gevoel, en hoe vandag!

Oor die rug waar die watervergaring is, by die blougomplantasie verby en tot op die munisipale grens het ons erewag saamgegaan. Toe ons daar afskeid neem, skud die magistraat en die burgemeester my hand asof hulle my nie wou los nie. Die trane rol oor hulle wange.

"Neelsie, ons sê nie vaarwel nie; ons sê tot wedersiens. Voorspoedige reis en al die beste. En jy hoef nie bang te wees vir 'n herhaling van die vorige belemmerings op jou pad nie. Behalwe die rydende polisie, is 'n spesiale wag van konstabels ingesweer. Die pad sal skoon wees tot in Meiringspoort."

Hulle groet vir Vroutjie en Engela. "Mevrou en Mejuffrou, ons weet ons laat ons held by julle twee in veilige bewaring. Ons weet julle sal hom troetel soos die appels van julle oë – julle het hom lief en hy is dit werd."

En so is ons daar uitmekaar gegaan. Maar, weer sê ek dit, my hart was swaar. Wat sou ek nie gegee het vir daardie eerste uittog nie, met sonde en al. Nou het die gejuig my nog treuriger gemaak. Buitendien, 'n man van beskeidenheid hou nie van sulke ophewwe nie.

Toe ons wegtrek, kyk ek na Vroutjie. Haar oë blink soos sterre. "My ouman, my man," sê sy hartstogtelik. "Maar vandag het jy my hoogmoedig gemaak. Soe, maar die dorpse vrouens moet sleg voel."

Op Stolsvlakte merk ek op daar loop nog dieselfde twee draadheinings weerskante van die pad, met die pale en die draad hier en daar nog so stukkend soos die trem hulle die vorige maal met die verbyskram beskadig het. Die eienaars wag nog altyd vir my om te kom repareer.

Ek hou stil. "Dis hulle eie skuld," sê ek vir Vroutjie. "Waarom het hulle die heinings so naby mekaar gesit en nie behoorlike plek gelaat vir die pad nie? Hier waar so 'n drukte van verkeer is. Vandag nie, dis waar; die konstabels het skoongehou. Maar daardie slag was hier geen konstabels nie…

"Maar tog, Vroutjie, 'n mens is 'n mens. Al is ek nie wettelik, of wettig, of selfs sedelik, aanspreeklik nie, ek sou nie graag sien dat hierdie mense 'n wrok, hoe onbillik ook, teen my moet bly koester hulle lewe lank en daarmee in die graf gaan nie. Laat ons hier uitspan, Vroutjie, en hier oorbly, al was dit 'n veertien dae, sodat ek eers die mense se heinings vir hulle kan herstel."

"Nee, Kerneels," sê Vroutjie kortaf. "Jou gewete is veels te teer op plekke waar dit nie nodig is nie. Laat ons ry. Daar is reeds al te veel tyd vermors. Wanneer kom jy aan die gang met jou studie? En kyk daar vir Herrie."

Solank as ons stilgehou en gesels het, het Herrie 'n nartjieboom wat binne die heining op die sloot se wal staan, aan die naburige kant kaal gepluk en die nartjies op 'n hoop gestawel voor hom in die pad. Vroutjie wou nie hê ons moes langer versuim dat hy dit eers opvreet nie, en op 'n ander manier kon hy dit nie saamneem nie. Sy slurp – jy kan nie nartjies in 'n riem dra nie. Oplaai kon ek die nartjies nie, dit sou na diefstal lyk. Ons het hulle dan maar daar laat lê en ons is vort, Herrie en sy oubaas ewe nukkerig.

'n Entjie verder daarvandaan draai 'n mens links weg oor 'n ent hoëveld, maar bo-op gelyk, om dan weer af te daal na Hazenjacht se rivier toe. In die later jare is die veld skoongemaak vir saailande. Toe ons bo uitkom, strek daar een golwende koringvlakte voor ons uit, weelderig, pragtig, gesond, nie 'n stippeltjie roes daarin nie, songeel, met hier en daar nog 'n groen skynsel. Nog 'n paar dae en die maaiers sou moes kom. Is daar ooit 'n blomtuin wat mooier is as 'n geelryp koringland, 'n weefsel van lewende goud?

Dáár het ons darem uitgespan en 'n stukkie geëet. Maar ek moes maar aandruk. Ek had self vaak, maar daar was nie genade nie. Toe ek weer aangehaak het, het Vroutjie en Engela op die solder geklim om 'n middagslapie te neem. Ons was mos nie met ons al drie nodig vir drywers nie.

Ek ry dan toe maar aan. Die middag was warm en bedompig, met 'n gevoel in die lug nes daar iets aan 't broei was. Ver oor die westelike berge word hier en daar, van die agterkant af, 'n wit sysakdoek vir 'n sein opgehys. Ek sit maar voor op die trem, lusteloos en sonder belangstelling of oplettendheid. My gedagtes was swaar en swart in my binneste. En, soos ek sê, die weer was bedompig.

Deur my verstrooidheid was dit vir my of ek 'n stem hoor roep, maar hy tref nie eintlik my volle bewustheid nie. Dit hou 'n tydjie so aan, harder en harder, tot dit meer en meer my aandag beetkry, nes wanneer 'n mens langsamerhand uit 'n diep slaap gewek word deur 'n aanhoudende verstoring. (Maar, natuurlik, ek was nie aan die slaap nie; ek was ingedagte, en ek had rede om dit te wees ook. Ek sê die weer was benoud.)

Toe ek my gedagtes dan eindelik teruggebring het van daar ver af, en my aandag aan my onmiddellike omgewing bestee, kyk ek rond. Ek kry 'n skok. Ek is met die trem in die middel van die koringland en Herrie is aan 't maai. Die eienaar van die stem wat so geskree het, kom by. Hy was ook die eienaar van die gesaaide, Hansie du Toit van Vanwykskraal.

Ek wag nie tot hy die eerste praat nie. "Hansie," sê ek, "nie 'n woord nie. Ek erken aanspreeklikheid. Ek sal betaal. Ons sal die pad wat ek hier in jou land getrap het, in die lengte aftree, en dan die wydte neem op verskeie plekke, en uitreken hoeveel morge dit is. En teen die gewone opbrings per morg – ek sien die grond is wonderlik vrugbaar; die koringstoele is elkeen 'n groot gerf en die are is vet – daarteen sal ek jou betaal, Hansie. Jy weet ek is nie 'n man wat my verpligtings ontduik nie."

Hansie is 'n man wat baie fyn kan spot. "Neelsie, ken jy my dan nog nie? Toe ek hoor jy is Stolsvlakte verby en net aan 't wegdraai die opdraend uit hierheen, toe het ek gehardloop om jou te kom soebat om my tog die eer aan te doen om jou olifant my koring te laat afvreet. Dis nie al dae wat ek die voorreg het om van 'n geleerde man gerinneweer te word nie."

"Hansie, jy is verspot. Ek sal jou betaal." Ek klim af en ek gee hom die hand. Toe gryp ek Herrie aan die voorpunt van die slurp en ek hou dit vas, eers met die een hand en toe met die ander solank as Hansie agter 'n riem gaan losmaak om vir my aan te gee.

Intussen het Vroutjie van die gesels wakker geword, en sonder om te kyk wie dit is, klim sy op na die dak toe. "Kerneels," sê sy, "kyk hoe swaar word die weer."

In die tydjie wat dit my geneem het om uit die pad uit te draai het daardie man-se-hand-wolkies die lug oorsprei. Ek kyk vir die eerste maal boontoe. Van ver af begin die eerste rommelende dreuning aan te rol. Vaalswart, laag oor die aarde asof jy jou hand kan uitstrek en daaraan vat, hang een vaste wolkemassa, dig en donker en kwaai. Hier en daar flikker 'n vinnige liggie van agter af deur, soos 'n vuurvlam deur sy eie rook.

Vroutjie kyk grond toe om te sien waar ons is. Aan alle kante, so ver as haar oog kan sien, strek die gelyk vlak van die koringare. Sy sien ons is nie in die pad nie. Sy klim op een van die boekkaste en sy kyk agteruit. Soos ons gekom het, lê 'n slingerende, deurmekaar vertrapte halfakker.

"My magtig, Kerneels, wat het jy nou weer gemaak? Kan ek jou nie eens vertrou solank as ek 'n oomblikkie gaan rus nie? Waar sal ons die geld kry om vir hierdie skade te betaal?"

(Ek en Vroutjie is met huweliksvoorwaarde getroud. Ons hou ons rekenings besonders. Sy hou hare; ek en sy hou myne.)

"Ja, bid ek jou, waar sal ons die geld kry? En dit deur omsonse onverskilligheid. Ag, wat het ek tog gesondig dat ek so 'n man moet hê in die wêreld?" Sy bars in trane uit. As 'n man aan 't huil gaan, word hy onskadelik. Pasop vir 'n vrou wat huil.

Hansie klim die trap op. "Dag, nig Lenie," sê hy. "Moenie jou oor die skade bekommer nie; ek is die eienaar van die koring. Wat jy daar ver sien is die wapad, nie jou man se nuwe gemaaide pad nie. Twee pond is meer as wat die skade beteken; en dié sal ek sorg dat Kerneels my betaal. Dit sal hom nie stukkend maak nie. Maar jy moet hier afkom, my ou suster. Die weer word gevaarlik." Hy vat aan haar hand om haar te help, die trap af.

Toe ons onderdak was, bars die weer los. So het ek hom nog nooit beleef soos die dag daar op die hoëveld nie – en ek ken hom soos sy manier in die onderland is. Die blitse spartel en vlieg en skiet heen en weer en deurmekaar en sonder tussenpoos, nes baie mense wat van alle kante lanterns swaai. Die donderknalle verdoof die een die ander; en dan sommer skielik tussenin bars daar 'n besonderse gekletter los asof hy niks met die ander lawaai te doen het nie en hy skater daardeur heen soos duisend stoomketels wat jy 'n krans af rol. Al wat aan die trem is, hout en yster en glas, rittel en rommel asof hy deur 'n reusehand heen en weer geskud word. Dis of die uitbarsting hier vlak rondom ons plaasvind.

En toe begin die water te val. Nie druppels nie, nie strale ook nie, maar strome, asof die wolke uitmekaar gebars het en 'n dam stort in 'n waterval deur die opening af. Jy kan nie tien tree voor jou uit sien nie; om jou is 'n vaste muur van water. In 'n oomblik steek die koringare uit 'n see op. Herrie staan kniediep. Engela klou my krampagtig vas. Jakhals, teen sy ounooi geleun, steek sy neus pylregop in die hoogte en huil jammerlik.

En toe, van ver af, half nes 'n wind wat skielik opgekom het maar nog nie hier is nie, half nes die steun van die klaende see soos jy hom oor 'n afstand hoor in die nag, kom daar 'n ander soort dreuning as dié van die sware weer.

"Hael," sê Hansie kalm, asof dit hom persoonlik nie interesseer nie. Maar ek sien hy klem sy vuiste sodat die kneukels wit wys; sy asemhaling word diep.

Ek vlie uit. Vroutjie gryp my maar ek ruk los. Eenkant, aan die tremleer vasgebind, is 'n opgerolde seil. Ek sny sommer die rieme af, ek rol die seil oop, en ek gooi hom oor Herrie. "My arme ou olifant, dis die beste wat ek vir jou kan doen. Daar is op hierdie vlakte vir jou geen skuilplek nie. Maar jou vel is mos darem dik." Ek maak sy tuig los sodat die arme ding hom tog vry kan beweeg. Hy kom voor by die trem staan, met sy slurp tussen ons ingesteek.

Ek was skaars weer binne by die ander op die balkon, toe

begin die hael te val ... Die bui het nie lank geduur nie. 'n Twintig minute, miskien 'n halfuur. Toe sien ons van agter af, waar die storm vandaan gekom het, 'n stuk heldere, skone bloue lug. Die hael het opgehou; die reën ook; net fyn misdruppeltjies waai nog koud in 'n mens se gesig. Met 'n ongewone glans van goue heerlikheid skyn die ondergaande son onder die swart agterhoedes van die wykende heirskare van wolke deur, op 'n verslane wêreld. Die onstuimigheid van die woedende elemente is vervang deur 'n kalmte van vrede waarin 'n nuwe, rustige stem spreek, die geruis van alle kante, van ver en naby, van wegstromende waters. Om ons heen lê die verwoeste koring, platgeslaan.

"Nig Lenie," sê Hansie, nog altyd met die kalme bedaardheid, "ek is skaam om te bedel, maar nou kan my ou suster darem gerus vir ons 'n koppie koffie maak." Hy glimlag so effentjies; sy gelaatskleur is vaal.

"Ag, foeitog, Omie," sê Engela, met trane in haar oë en in haar stem. Sy gaan langes Hansie sit en vat sy een hand in albei hare.

"My dogter," sê Hansie, "dis baie lief van jou. Oom het troos nodig. Maar môre en oormôre sal ek eers besef wat oor my gekom het, en dan sal ek jou vriendelike handdruk onthou ... Maar hierdie verwoesting het verder gegaan as net tot by my – daar is ander mense wat dit minder sal kan deurstaan. Daar is agterstallige rente; daar is verbande wat sal opgeroep word ..."

Toe Hansie sy koffie gedrink het, staan hy op. "Lenie, baie dankie. Ek sal nou maar darem moet loop."

Ons het nie probeer om hom te hou nie. Sulke tye soek 'n man sy eie huisaltaar. Sjorg, sjorg, sjorg, hoor ons sy voetstappe deur die modderwaters wegraak tussen sy vernietigde oes deur wat so naby die kroon van die belofte was.

Van alle kante kom die fyn klokmusiek van duisende paddatjies – hoe het die goedjies tog deur die droogte geleef? – begelei deur die diep orrelbas van die wegruisende water. Oor Dysselsdorp se berg kom die volle maan op; duisende dansende brandertjies flikker in 'n ligbaan wat reguit kom tot vlak voor ons.

Ons het die nag daar oorgebly.

7

Ontmoeting met 'n aspirantskoonseun

Dit was nog baie vroeg die volgende oggend, toe woel Vroutjie my uit.

"Toe, Ouman, laat ons hier wegkom uit die morsige modderasie uit."

Ek lig my op een elmboog op en ek kyk by die tremvenster uit met onlus.

"Waarheen wil jy wegkom, Vroutjie? Dis nie net hier nat nie; die hele wêreld is vanoggend nat. Ons kan maar net uit die een morsigheid in die ander inry. Of ons moes 'n vliegtuig gehad het om van die aarde af weg te vlug boontoe."

Maar wat help my praat ooit? Ek moes maar opstaan. Ek begin my aan te trek, sonder geesdrif. En toe val dit my by van die boeke. Ek sit stil tussen die eerste sokkie en die tweede.

"Kerneels, en waaroor sug en steun en kreun jy dan so? Jy lyk mos nie siek nie? En waarna wag jy?"

"Nee, Vroutjie, dankie – liggaamlik is ek nie siek nie. Dis maar die nuwe gevoel van verantwoordelikheid wat jy gister so vrindelik was om op prys te stel. Dit sal 'n tydjie neem voor ek heeltemal op my gemak voel met die nuwe besef. Ek moet stadigaan gewend raak."

My bytende ironie is so goed soos pure wind.

"Nou toe, Kerneels; toe dan, toe dan. Ek lê hier en smag na 'n mondjie vol koffie."

Ons het ons stoof in die trem vir onweerstye. Anders maak ons liewer buite vuur. Ek sit die ketel op en ek maak die vuur aan die gang. Toe gaan ek solank uit om vir Herrie 'n paar pampoene te gee. Jakhals staan op van sy velletjie op die balkon en sê more met lastige liefde. Onder die trem vandaan hoor ek 'n kwaai geblaas. Val my by van die makoue wat na regte gister moes versuip gewees het. Maar hulle is in hulle glorie. Moet kans gesien het om aan die swem te bly in die draadhok.

Herrie het vir hom 'n kleigat getrap en daarin gaan lê. Na alle blykens was hy nie ongelukkig nie. Maar hy het mos ook 'n robbervel. Te dik om eens punctures in te kom. Hy sukkel lomp op en kom een vir een pampoenskyf, wat ek te stadig sny na sy sin, onder my mes uit vat en met ingekrulde slurp netjies raak tuisbring.

Jakhals knor. Deur die modder kom 'n ou jong aan met 'n handmandjie.

"Môre, Oubaas."

"Môre, ouste ... My magtig, is dit jy, Saul? En waar was jy al die jare in die tronke rond?"

'n Tandelose mond gaan rooi oop om met ouderdomsgenot te lag oor die groot grap. Rondom die gapende opening vorm 'n ingewikkelde patroon van rimpels; twee diep gesakte oë knyp dig toe om die oorstelpende koddigheid van die wêreld af te sluit.

"Basie, Basie, jy het nog alker jou nukke. Gie-gie-gie, hoe-oe-oe, hoa-ga-gag. Alker jou nukke, Basie. Ek meen Oubaas."

"Nie 'Oubaas' nie, jou afskuwelike ou niksnut. Jy kon my oorgrootvader gewees het, en dan nog laat versuim het met die trou. As ek net 'n weinigie skemerdonkerder was en nie hare gekry het waar 'n mens wol verwag nie. Waar kom jy aan 'Oubaas'?"

"Basie, nee Basie, dit was maar omdat ons-goed mekaar soveel lange jare nie gesien het nie, Basie, Meneer. Basie, Basie, my Basie, die liewe Here weet dit, ek is vanoggend dood van die blygeid om my Basie weer te sien. Ná al die jare, jare, jare." Die trane rol oor die gerimpelde wange. Ou Saul huil nes 'n kindjie.

Herrie het die laaste pampoenskyf weg. Sy slurp slinger in ou Saul se mandjie in. Die ou kry die slurp beet. "Hierjy, hierjy, jou vervloekste langsnoetvark. Myg..., Basie, waar kom Basie aan die ongedierte wat so groot is sose vier osse?"

"Sit, Saul, die nooi is hier binne in die wa. Saul, Saul, het jy nog nie verleer om so gruwelik te laster nie? En dit op jou ouderdom!"

"Basie, ek minder darem, ek minder. O so, Basie; die nooi hier in die wa? Ja, Basie; die nooi, Basie. Hierjy, vat jy my hand dood, jou ver... slangneus?"

"Kerneels," kom van binne af, "KERNEELS, en wat is dit dan vanoggend?"

"Ek kom, Vroutjie, ek kom. Ou Saul, sit jou mandjie hier neer. En jy het my nog nie die hand gegee nie, Saul; jy groet daar van ver af. Is jy hoogmoedig geword? En Saul ...?"

"Ja, Basie?"

"Jy wil seker liewer vanoggend 'n lekker koppie koffie hê as 'n ellendige bitter vrank kruie, nè?"

"Basie, dis baie nat vermôre."

Ek gaan binnetoe en ek kom weer uit met 'n halwe koppie van ou Saul se enigste geloofbare medisyne.

"A," sê die ou, "hy trek deur." Die ou haal 'n kortsteelklippyp uit 'n stukkende sak. Ek gaan vir hom die nodige van binne af haal.

"Kerneels, Kerneels!!"

"Saul, die nooi word onstuimig. Sit hier voor op die wa, en as daardie groot snoetvark jou wil om die lyf vat en aftel, kom dan maar in binnetoe."

"Basie, sê vir die nonnie," – (dis Lenie wat nog sy nonnie is; Engela het ná sy tyd gekom) – "sê tog vir die nonnie dis groente dié wat Basie Hansie du Toit se nooi stuur, die Basie wat gister hier was in die haelbui. Arme Basie se hart is baie seer; swaar skade gehad."

"Kerneels, moenie laat ek nog 'n slag hoef te roep nie."

Ek hardloop in.

Toe ek 'n kind op die plaas was, was die ou jong al "ou Saul," en toe reeds was die voortyd van sy geboorte 'n wegsterwende oorlewering onder die ou grys duusvolk van die buurte. Op die einste dag toe ek met Vroutjie getroud is, is die ou met 'n trek saam Onderland toe, en daarvandaan het ons paaie nie meer gekruis nie. Ek wis al die jare nie wat van hom geword het nie.

Toe Vroutjie naderhand aangetrek was en uit die trem te voorskyn kom, toe gaan ou Saul eers aan 't huil. Sy was nog "Nonnie" – hy kon haar nie anders aansien nie as die burenooientjie wat voor hom grootgeword het. Engela kon hy glad nie kleinkry – of grootkry nie. Sy was 'n bykarakter op die toneel. Langsamerhand, en dit gaan swaar op 'n mens se oudag, moes hy 'n nuwe aanwensel aankweek. Maar die moeder het van die oggend af "Nonnie" gebly en die dogter "Nooi".

Ná brekfis het ons dan teruggespartel na die harde pad toe, en toe vort.

"Ou Saul," vra ek, "bly jy by Baas Hansie?"

"Nee, Basie. Ek het lange jare al nie meer 'n baas nie. Wie kan my nog huur? Gie-gie-gie; ga-gagag. Ek swerwe maar rond, en die een gee my 'n stuk brood, en die ander gee my 'n lêplekkie of 'n ou broek. Geen baas nie. Ekke op my ou dag loshotnot. Gie-gie-gie, ga-ga. Gistraand by Basie Hansie ingedraai oor die nattigheid en hy my vanmôre met die mandjie gestuur. Basie Hansie se hart baie seer. Swaar skade gekry, die arme basie."

"Ou Saul, maar dan kan jy gerus maar met my saamgaan. Ek gaan in Meiringspoort 'n tyd oorbly om te werk."

"Meiringspoort werk?"

"Ja, ou Saul." Ek sug. "Swaar werk, boekewerk. Baie swaar werk, ou Saul."

"Ekke sal nie kan help nie. Gie-gie-gie. Ou Saul se dae vir die boeke is verby."

"Dank die liewe hemel, Saul. Maar ek wil jou hê om vir my die osse op te pas."

"Osse?"

"Ja, Saul; hierdie vier osse wat hier trek met die slangsnoet. Hulle is hondmak, Saul; 'n mens leer gou hulle maniere verstaan. Baie makliker om te leer as die boeke, Saul." Ek sug.

"Ja, dis waar; ... weet dit, Basie."

"Saul, ek sê nou vir jou, as jy nie ophou met laster nie, kry ek vir my 'n ander ou jong vir beeswagter."

"Ek minder, Basie; ek minder."

En so het ons dan een by ons reisgeselskappie gekry. Op Hazenjacht sou nog een bykom, en in Meiringspoort weer nog een. Maar ek moenie vooruithardloop nie.

Ons is dan, stadig aankruipende, die hoëveld oor, tussen die verderfde koringoes deur. Ons kom op die rant uit. Hazenjacht lê voor ons. Ons sien bosse en takke, stompe en bome, tussen die plaas deur verbyjaag, wiegende en rollende.

"Hoe-oe-oe, Pappie, maar die rivier is vol!"

"Dogtermensie, jy't gelyk. Hy's vol. Dit het gister gereën, as jy nog onthou."

"Hoe kom ons vandag deur?"

"Vra dit, my kindjie, vra dit. Hoe kom ons vandag deur? En Pappa is haastig en Mamma is haastig. Mastig, Vroutjie, maar hierdie rivier was seker nog nooit so vol sedert die sondvloed nie. Kyk, Vroutjie, kyk, die treinbrug se een pilaar is onder hom uit en die timmerasie wys rivieraf."

Ons hou deeskant op die wal stil, voor 'n negosiewinkel wat aan die pad staan. Oor die deur is 'n oop soldervenster; binne kan 'n mens hawergerwe gepak sien.

"So 'n afgedankste kind," sê ek.

"Wat is dit dan, Ouman?"

"Moenie nog praat nie, Vrou. Daar is niks wat my kwater maak nie as wanneer 'n man my toesit. Kyk daar." Ek wys na die soldervenster.

"Maar wat is dit dan?"

"Ja, jy het vergeet. Natuurlik. Die vorige slag, toe ons hier oorgebly het, het ek hierdie einste rooftuig agtien sjielings betaal vir hawer wat Herrie in die nag uit daardie venster sou gevat het, en vyf riksdalers vir die vensterluik wat Herrie sou stukkend gebreek het."

"Nou ja?"

"Nou ja, nou ja, nou ja. Vrou. Waar is die nuwe venster waar ek dan voor betaal het? Wat het van my vyf riksdalers geword?"

Toe kom die destydse stroper van die skadevergoeding by die winkeldeur uit. Hy vryf sy hande.

"Môre, Meneer."

"Môre, Ananias. Waar is die vensterblad? Wat het van my sewe en 'n sikspens geword?"

Ja, hy het nie betyds geweet van my koms nie, anders sou hy die venster weer laat aansit het.

Wat hy vir sy hawer vra? Drie pond. Hoeveel die boere van hom kry? Hulle koop by hom ook, word teen mekaar afgereken, onmoontlik om in geldwaarde te sê. Oestyd nou? Wie daar onder bly waar die vrag hawer nog op die wa staan? Maak dit maar twee pond agtien, maar asseblief moenie vir ander mense sê nie. Werk tot sy skade? Meneer wou hierdie slag vooruit gekoop en betaal het, maar sal maar weer die olifant laat steel en agterna deur die prokureurs regmaak sodat hulle in die twee pond agtien kan deel...?

"Kerneels," sê Vroutjie, "wil jy die heel jaar hier staan en babbel?"

"Vrou, 'n vroumens moenie haar neus in haar man se besigheid steek nie. Sorg jy vir die voer en ek sal stilbly. Maar ons sal ruim tyd hê hier om oor voerpryse te gesels. Die rivier sal nie dadelik leegloop nie. Sien jy, Vroutjie, ons laaste vernagplek, waar Herrie die klippe weggerol het, is onder water. Maar watter bordjie sou daar uitsteek? Engela, my kind, ek kan nie met my bril so ver sien nie, en sonder hom ook nie. Lees tog daardie aankondiging op die bord. Wie weet, is dit een of ander waarskuwing. Pappa is maar altyd bang vir die wet."

"Ja, Pappie, dis nie anders nie. Dit is 'n waarskuwing. Dit sê so, sommer met die eerste woord: 'Waarskuwing! Die weledele, seergeleerde heer Sagmoedige Neelsie kom aan. Hy sal waarskynlik met sy verbytrek hier uitspan. Wie hom die minste hindernis of ergernis veroorsaak, sal ten strengste volgens wet vervolg word. Op las van die hoofkonstabel van Oudtshoorn'."

"Sien jy, Ouman?" sê Vroutjie. "Sien jy hoeveel ons teenswoordig beteken?"

Ek sug. "Ja, ou Saul, maak tog maar die osse los. En as hulle daar na die hawervenster toe gaan en hulle steek hulle slurp daarin om gerwe uit te haal, kyk anderpad."

Ná die middagete was ons net klaar om 'n bietjie te gaan lê, toe kom daar 'n man te perd met die pad aan, oorkant. Hy hou op die kant van die water in.

"Wie sou dit wees, Engela?" Maar ek kon self baie goed uitmaak wie dit was.

"Pappie, dit lyk vir my na Willem."

Toe skree die ruiter van oorkant af. "Môre, Oom; môre, Tante; môre, Engela!"

"Môre, Willem. Hê-jy na die rivier kom kyk, Willem?"

"Ek het gedog ek kon deur, Oom. Oom het mos gesê as Oom eendag weer met die trem gaan ry, sal Oom hulp nodig hê. Ek bring die hulp, Oom."

"Willem, jy is 'n baie liewe seun. Ek en Tante stel jou nimmer afkoelende vriendskap hoog op prys. Maar, Willem, ek het al hulp aangeskaf. Ek is jammer, ek dink jy sou van beter diens gewees het. Maar hy is baie oud, altemit gaan hy dood ... Maar, Willem, as die rivier afgeloop is, kan jy darem kom die hand gee. Altemit sal 'n mens teen oormôre of so hier kan deur, as jy op jou perd en op jóú kan staatmaak."

"Oom, hierdie rivier is vinnig. Hy loop nie lank nie. Ek sal teen sononder weer kom kyk."

"Ja, Willem, ons sal wag. Maar, Willem ..."

"Ja, Oom?"

"In my jong dae was ek baie lief vir tant Lenie se pa en ma. Ek mag bang gewees het vir 'n dertien-honderd-voetkrans ..."

"Ja, Oom?"

"Ja, Willem. Maar as ek nou darem alte sterk verlang het na tant Lenie se pa en ma, dan het ek my nie van 'n rivier laat keer nie."

Sonder om nog 'n woord te praat, gee Willem sy vurige perd 'n onnodige raps en hy storm die rivier in dat die water so spat. 'n Tree of tien – dis stadig skuins van oorkant af – solank as die perd nog grond kry, gaan dit goed. Maar daarvandaan ry Willem verby, af, en hy ry vinnig. Die steil rivier stroom daar nes 'n meulegeut.

"O Here, Ouman, die seun sal vandag sy dood vind in hierdie stormwaters. En jy sal die oorsaak daarvan wees."

Engela trek haar asem op en byt haar tande op mekaar vas. Willem kom al dieper na die middel van die stroom toe maar hy dryf al vinniger. 'n Paar honderd tree af verdwyn hy met die rivier om 'n draai.

Engela sit vir die eerste maal haar kastige nie-omgee-niehouding opsy. Met vlammende oë kyk sy in die rondte. In 'n kamp langes die pad wei 'n gekniehalterde perd. Sy ruk die hek oop, hardloop hom toe en vang hom. Toe ons weer sien, het sy hom tou in die bek en sy sit op sy rug, bloots. Ek en Vroutjie skree. Engela steur haar niks. Sy jaag by ons verby dat die klippe so gons, rivier af.

"Ouman, ag hemeltjie, Ouman; die seun verdrink vandag en die meisiekind breek haar nek. Kyk, kyk, Vader wees my genadig, kyk hoe vlie sy met die perd daar oor die draadheining!"

"A, Vroutjie, jy weet dit mos beter as ek, as 'n vroumens haar baba in die gevaar sien, al is hy ook ses-voet-ses en 'n man-van-'n-man soos Willem – Vroutjie, jy het mos ook voor jou trou jou groot baba gehad: Sê vir my, sou jy nie toe agter my aan ook so oor die draadheinings gejaag het nie?"

"As jy so ongevoelig is, jou ongeaarde vader, ek nie."

Sy spring weg, in die koers waar die twee kinders een vir een verdwyn het. Met opgetelde rokke, nes 'n volstruiswyfie met die vlerke, lomp-skeef, hardloop sy. Toe sy aan die eerste doringdraadheining opklouter, vat ek haar arm styf. Ons hyg albei so dat ons nie kan praat nie.

"Los my, Kerneels." Sy kom natuurlik die eerste weer aan die woord. "En toe – hg, hg, hg – en toe? En toe, Kerneels, waar – hg, hg, hg – waar hardloop jy dan nou – hg, hg, hg – heen?"

"Agter jou aan, Vroutjie. Toe ons twee – hg, hg, hg – ek en jy – hg, hg, hg – nog op ons dae was, kon ons baie versit. Vandag – hg, hg, hg – kan ons nie meer mense wat te perd jaag, van agter af – hg, hg, hg – te voet inhardloop nie. Ons hardloop maar net – hg, hg, hg – in die graf in."

Vroutjie sak inmekaar. Ek spring weg rivier toe en kom met 'n hoed vol water terug. Nadat ek lank gelaaf het, maak sy haar oë oop.

"A, ou liefste," sê sy, "ek was byna weg. Gee my 'n soen." En toe val dit haar by. "O, liewe vader ..."

'n Entjie hoër op in die heining gaan 'n slagboom oop. Engela kom deur, op Willem se perd. Hy maak die hek agter hulle toe en spring op hare, bloots. Hulle kom tot by ons en spring af.

"Engela jou tog darem gered, Willem?" sê ek.

"Wat, ek hom gered! Hy't my gered, Pappie."

Sy praat met 'n stortvloed van woorde. "Toe ek in die stroom kom, kon ek nie bo bly sonder saal nie en ek swem langs die perd met die riem in my hand en daar val die rivier in 'n maalgat en ons rol daar in en ek was onder die perd en albei van ons vas in 'n tak en ek kon nie meer my asem ophou nie; ek voel ek sluk 'n hoop water en toe wis ek van niks meer nie en hier gryp een my onder die water om die lyf en hy ruk my los uit die tak uit en toe ek regkom, lê ek op die wal en hier staan Willem oor my."

Toe ons terug was by die trem, het Vroutjie vir Willem van my klere gegee solank as ou Saul syne by die vuur droogmaak. Engela had natuurlik meer as te veel van haar eie. Sy sou ook buitendien weer kom aantrek het al was sy nooit in geen water nie. Willem het taamlik verspot daar uitgesien, nes 'n moderne modedame. Hy is twee maal so groot soos ek sodat sy arms te ver bo uitgesteek het en sy bene onder.

Die aand ná ete sit ons al vier in die trem om die tafel. Tot my verwondering maak Willem en Engela geen woelige aanstalte om buitentoe te gaan in die digterlike maanskyn nie. Engela het, met seldsame ywer, 'n stuk naaiwerk van Vroutjie in die hande gekry. Willem doen proefnemings met sy bene om te sien of dit meer gemak verskaf om die regter oor die linker te kruis of die linker oor die regter. Ek sit en rook. Vroutjie sit met gevoude arms, regop, nes in die kerk. Ons praat geeneen nie, selfs sy ook nie. Dit voel nes daar iets broei.

Willem onderbreek die stilte. "Tante …" sê hy.
"Ja, Willem?"
"Tante, ek wil sê Oom en Tante …"
"Vroutjie, gee die seun iets om te drink. Die seuntjie is nie reg nie. Hy moet 'n senuweeskok gekry het vandag."
"Nee, Tante, ek meen nee, Oom, ek het nie toe 'n skok gekry nie, maar ek het nou een … Oom, ek meen Tante …"
"Praat, man, magtag. Jy het my senuwees ook al desduiwels."
Willem staan op met die uitdrukking van desperate determinasie van 'n martelaarheld. Hy vat vir Engela aan die hand en hy kom voor my en Vroutjie staan. Engela se kop hang onderstebo.
"Oom, asseblief Tante, Tante verstaan mos, Oom, Oom, ons wil trou. Ek en Engela, Tante."
Wat!" sê ek, "julle twee kinders?"
"Ja, Tante, ek meen nee, Oom, ons is darem nie sulke danige twee pap kindertjies meer nie. Ekskuus, Oom, ek meen ons is darem al so te sê groot."
"Met wie wil julle trou?"
"Met wie, Tante? Ek meen Oom. Met wie wil ons trou? Met wie dan – met ons twee self. Ek en sy en sy en ek."
"My magtig, Willem, en ek dog al die tyd dis oor my en die Tante wat jy so begaan is!"
Toe praat Vroutjie. "Willem, jy is 'n liewe seun. Kom gee my 'n soen. Ek is tevrede."
"Nou ja, Willem," sê ek en ek hou sy hand, "jy sien ek het niks in die ding te sê nie. Jy sal ook nog eendag as daar ouers gevra word, van Engela die besluit moet hoor …"
"Pappie!!"
"Kindjie, 'n goeie begrypster het 'n halwe woord nodig. Ek sien dis nie Willem wat sal hoef skool te hou nie … Willem …"
"Ja, Tante, ek meen ja, Oom?"
"Willem, ek wil nie vir jou preek nie. Dit sou óf oorbodig wees óf vrugteloos. Ek wil net dit sê. Ek het maar net die een enige ou kindjie in die wêreld en daar sal nie meer kom nie. Jy verstaan wat dit is wat jy van my afvat … Toe nou maar, julle twee. Dis die reine waarheid wat julle dink: Die

maanlig is verruklik skoon vanaand. Daar sal wel twee plekkies wees tussen die boekkaste op die dak."

Toe hulle uit is, kom Vroutjie by my sit. Sy vat om my nek en sy gaan aan 't huil...

So halsoorkop as wat daardie verspotte Hazenjacht se rivier kan afloop. Pleks dat hy ons 'n week daar opgehou het. Maar hy was nog nie vinnig genoeg na Vroutjie se sin nie. Dit was nie sy wat moes gaan studeer nie.

Die volgende middag ná ete gaan Vroutjie nie eens 'n bietjie rus soos haar gebruik was nie. Nee, ons moes dan opsluit nou inspan en ry.

"Vroutjie, die water is nog te diep vir die trem."

"Wat wou hy te diep wees? Kerneels, ek is mos nie van jou gewend dat jy so versuimerig is nie. Wat is dit dan? Toe, span in."

In die middel van die drif was 'n gat uitgemaal en oorkant teen die rand van die gat 'n rotsblok gespoel. Ons ry nog ewe op ons gemak, toe staan ons almal voor op die balkon kniediep.

Die trem sit vas. Ek gee Herrie 'n raps. Hy is nie een wat hom verniet laat raps nie. Hy buk vorentoe; ons hoor klap; daar stap Herrie met die tuig vort terwyl ons vertoef waar ons is.

"Sien jy nou, Vroumens? Alewig wil jy beter weet, alewig wil jy baasspeel, alewig wil jy dinge reël. En dan reël jy soos jy nou weer hier sien. Toe, Willem, uit met jou broek en af. Gee pad, vroumense, gaan in binnetoe en huil. Gou, Willem, en sny eers die makouhok los en laat hom wegdryf; ek hoor nie die goed blaas nie, hulle is aan 't versuip. Saul, as daar moet gevloek word, sal ek vloek. Ek sien goed kans vanmiddag."

Twee van die padbewakende konstabels verskyn oorkant die wal. "Haai, julle daar," skree ek, "wat help julle bordjie met die hoofkonstabels se orders? Kon julle nie hier gewees het om my vrou uit die drif uit weg te hou nie? Vang een van julle die olifant en kom die ander hier help."

My broek moes ook op die ou ent uit. Teen sononder staan ons nog met ons vier in die water met houte en beur.

Ons het Herrie daar gebring maar hy verseg om aan die klip te vat. Hy werk nie onder die water nie.

"En toe, Ouman?" Vroutjie loer deur die venster.

"Ja, en toe, Vrou. Toe nou. Jy het mos kans gesien. En toe? En toe sal ons vannag hier in die middel van die rivier slaap, hoor jy? En ek hoop jy kry die stuipe."

"En as die rivier afkom?"

"Dan ry ons agter die makoue aan."

Engela kan vars gedagtes kry. "Pappie, span vir Herrie agter aan die trem."

Herrie het ons sonder moeite teruggetrek dieselfde wal uit. Die volgende dag kon ons deur. Daarvandaan het dit vlot gegaan, behalwe dat daar 'n oponthoudjie was op De Rust. Eers kom die meesters en die esse met die skoolkinders in 'n optog aan.

"Kinders," sê die hoofonderwyser, "ek het die skool verdaag en julle gebring om 'n geleerde man te sien. Kyk nou goed, daar is hy."

Daar was 'n seuntjie by van ou Lewies Loeries, 'n nare, maere ou seuntjie wat na sy pa aard. Ou Lewies is nie reg wys nie.

"Meester, lyk 'n geleerde man só? Is dit om só te word wat ons so swaar moet skoolgaan?"

Toe kom daar 'n volwasse deputasie. Ek moet dan die aand daar oorbly en die publiek toespreek oor een of ander geleerde onderwerp. Die saal is in gereedheid gebring en met blomkranse behang; die klokke het al gelui; die mense is by menigtes aan 't versamel.

'n Goeie naam, praat Salomo van? Bewaar jou daarvoor, leser. Jy weet nie watter 'n las dit is om hom na te leef nie.

Wat ek ook sê, die deputasie wou nie verstaan dat ek my nog eers in Meiringspoort moes gaan kwalifiseer nie. Ek sou hulle op my terugkoms kom toespreek, al was dit oor die sewendemagswortel van die dertiende dimensie. Nee, hulle is klaar vir vanaand.

Ek was naderhand al net die donkies in, toe praat Vroutjie tussenin ek moet dan nie die liewe mense affronteer nie. En toe sy haar neus ook nog insteek, word ek kwaad.

"Vat, Herrie," sê ek. "Vat, of ek slaan. Trek en trap dood voor."

Van díe dag af is De Rust se mense vir my nukkerig. Dis nou hulle wat gegrief voel. Snaakse wêreld.

Verder was daar geen moeilikheid op pad nie. Die tolhek was wawyd oop; die noue draaidrif waar ons die laaste maal vasgesteek het, het ek mos toe reguit gemaak deur die hoekberg weg te breek, ek en Herrie.

Die vyfde dag aand span ons by ons bestemming uit, op ons ou grasgelykte, by die ruigte- en varingomsoomde waterpoel onder die valletjie van die systroompie.

Voor ete, nog ligskemer, kuier ek en Vroutjie in die pad op en af.

"Jy weet, Ouman, hierdie slag sal jou verblyf hier in die poort baie gelukkiger wees. Die vorige keer het jy jou verveel ..."

"Seker van niks-te-doen-het-geid nie, nè, Vroutjie?" vra ek met bittere sarkasme.

"Ja, daarvan. En van nie met jouself raad-weet-geid nie. Jy is mos te werkeloos vir werk en te rusteloos vir rus. Jy het doelloos rondgedwaal sonder om te weet wat jy soek; hier gevat en daar laat staan; jy had geen duurte nie. Selfs so ver gegaan om rympies te maak vir tydkorting."

"Ja, Vroutjie; en jy het hulle verbrand vir tydkorting."

"Nee, dit was plig. Maar hierdie slag sal daar niks wees om te verbrand nie, want wat jy doen, sal nuttig wees. Jy sal natuurlik vanaand ná ete jou boeke begin reg te sit."

"Vroutjie, laat 'n mens nou darem tot op 'n kort hoogtetjie redelik wees. Ons het tog, alles en alles, 'n taamlik vermoeiende reis gehad. Liggaamlik vermoeiend. Ek het gereken om vanaand my gees aan die gang te kry en op te fris met letterkundige oefening. En dit sal ook nie vir blote liefhebbery wees nie. Engela is verloof. Dis 'n groot gebeurtenis. So 'n mylpaal in 'n mens se lewe dring onweerstaanbaar tot digterlike ontboeseming. My hart kook oor, klaar om uit te borrel as ek maar net bo oopdraai."

Ek kon nie buitensporige ingenomenheid by Vroutjie bespeur nie.

"Kyk, Vroutjie," gaan ek voort, "die verloofskap is al self 'n groot gebeurtenis, maar daar is 'n grotere wat voorlê. Die twee kinders se bedoeling was nie om vir blote tydkorting verloof te raak nie. Hulle sal stellig een of ander tyd wil trou. En ek moet my daarvoor klaar hou. Wat sal daar gesê word as die digter sy dogter weggee sonder 'n bruilofslied? Jy weet 'n kunstenaar is nes 'n ketel; wanneer die vuur nie daar is nie, kan hy nie kook nie. Vanaand is ek in die stemming; later kom dit miskien nie terug nie. Ek sal die gedig maak en klaar neersit vir die tyd van die bruilof."

"Ja, Kerneels. Daar sal dan noodwendig mense wees om dit aan te luister. In 'n boek kan hulle dit oorslaan. Maar, Kerneels ..."

"Ja, Vroutjie."

"Jy sorg dat die ou rympie vanaand kant en klaar kom. Van môre af begin jou werk."

"Ja, Vroutjie, van môre af begin my werk. En, Vroutjie?"

"Ja, Kerneels?"

"Vroutjie, moet tog nie die gedig vir ander mense wys nie, nie eens vir Engela nie. Ek wil hom hou vir 'n verrassing op die bruilof."

"Dis goed, Kerneels; ek sal hom sekerlik nie wys nie. Vir my kan jy hom ook vir 'n verrassing hou."

'n Vroumens? Van 'n grotigheid maak sy 'n kleinigheid. En dan weer sal sy van 'n niksigheid 'n baiegeid maak.

Deur die geskiedenis heen hoor ons van die vrouens van belangrike manne. Eva, Delila, Jesebel, Herodes se vrou, Sokrates s'n, Carlyle s'n. Maar selfs Xanthippe kon nie vir Sokrates doodkry nie; hy moes sy verlangde verlossing maar self bewerk.

Ek glo dat ek die eerste van die groot manne is om 'n persoonlike beskrywinkie te gee van hierdie soort beproewings. Maar wanneer die drang nou darem daar is, kan die vroulikste ontmoediging hom nie smoor nie.

So was dit ook weer hierdie slag. Die leser hoef nie my woord daarvoor te neem nie – ek laat die gedig self getuig. Ek is darem vir jou 'n digter duisend. Vandag word ek nie gewaardeer nie, maar wag tot ná my dood. Wat die laaste lag, lag die lekkerste; my beurt kom. Hier volg die treffende huweliksgedig:

Onverdiende skatte

My pa het met twee families begin –
my oupa s'n en my ouma s'n –
en albei aan my vermaak.
Maar my ma het mos net so met twee begin –
my ander oupa en ouma s'n –
en deur háár loop ek weer twee raak.
(Oorgrotes en grootjies laat ek uit –
die rekening sprei te breed agteruit,
ek wil klein begin met my huidige taak.)

Maar daardie vier is verwant in die bloed,
en aangetroud tel mos net so goed –
tel dan vier by die eerste vier by:
Jy sien ek had óp my geboortedag
reeds agt families wat staan en wag –
en sonder kommer van keus van my.

Om self ook te kies, het ek self gaan vry,
om al wás dit net een van my eie te kry –
net een enkele een, net Lenie.
(Sonder soek is dit maklik om baie te kry
maar vir uitsoek was een genoeg vir my.)
Maar toe … was dit nie net een nie:
Net soos ék had sy agt, agt familieskares;
so dus had ek sestien met mynes en hares –
ek en Lenie was geeneen nie alleen nie.

Toe kom ons eie een ekstra by,
een, Engela, enigste kind van my
(en geredelik erken ek my plig.)
Sy't meteens met haar ouers se sestien begint,
ook sonder keuse, gelukkige kind –
alles was klaar vir haar ingerig.

Toe kom daar een, Willem, vir Engela vra.
Engela sê ja, want sy aard na haar ma,

en ek sê natuurlik nie nee nie.
Maar Willem had sestien, net soos sy
en ek het sy sestien bygekry,
sestien by die agt van Lenie.
Dus twee dosyn, en my agt daarby –
twee-en-dertig families van my:
Ek is nie hier op die aarde net een nie.

My gebruik is ek hou van die laaste mens baie,
al was dit 'n koning of 'n outa of 'n aia,
maar meeste van my baie families …
my rymskat is op maar nie my geduld nie,
net soos my geld maar nie my skuld nie,
en nooit nie my baie families.

Willem is ver nie die ent se een nie:
Dit sál maar weer gaan soos met my en Lenie,
en wie weet hoeveel maal voorspoediger.
Had óns, pleks van een, twaalf gehad, ek en sy,
hoeveel families het ons dan gekry
tot vreugde oneindig oorvloediger?

Maar daar's hoop, want daar's Willem, en wie weet die waarde
en die moontlikhede van 'n skoonseun op aarde
vir die houer van baie families?
Ek kan hou, baie hou, ek die houer van baie.
Van almal, van die koning en die outa en die aia –
en van reeds twee-en-dertig families.

8

Ontmoeting met 'n professor

Die volgende oggend – ag, waar was my kommervrye dae van die verlede tog heen! Waarom het ek hulle nie hoër op prys gestel toe ek hulle gehad het nie! – die volgende oggend was daar geen genade nie; ek moes boeke uitpak. Vir Herrie se sorg, en vir water en hout – met hoeveel salige genot sou ek nie nou die een by emmers vol aangedra het nie en die ander by vragte stukkend gekap het nie! – daarvoor was daar nou ou Saul, ja, en Willem, as dit daarop aankom, om te sorg. Ek had glad geen ekskuus nie.

Na plekke waar 'n mens sonnige dae van geluk deurgebring het, moet jy nie in later tye teruggaan wanneer jou hart swaar en donker is nie. Jy bederf die soete herinnering van die eerste en die nare werklikheid van die tweede maak jou nog bitterder.

Deur die tremvensters – die eerste dag; daarna het Vroutjie gordyne voorgehang – kon ek Willem en Engela, liefdedromend, by gindse draai om die kranse sien wegraak. Vroutjie stap singend op en neer waar ek met haar hand aan hand gewandel het, ons twee jong vryertjies, nes vandag Willem en Engela. Jakhals hardloop kringe om haar, blafblaf. Deur die anderkantse venster sien ek ou Saul en Herrie is albei met die een slurp opgeskeep. Herrie reken hy moet nog kry en ou Saul reken anders. Gelukkige, ongeleerde ou Saul!

As 'n mens 'n stuk werk voor jou het wat nie net reusagtig is in sy omvang nie maar afskrikwekkend in sy verskeidenheid en ontsettend in sy ingewikkeldheid, dan is dit dwaas om hom sommer halsoorkop en dit traak my nie van watter kant af nie te bevlieë. Daardie koers lei na die malhuis. Die verstandige man soek om hom teen ontmoediging en verwarring en oorstelping te vrywaar deur die toepassing van gesonde arbeidsbeginsels. Hy weet hy haal nie die paal nie of hy moet sy taak, om dit so te noem, uitoorlê. Hy gebruik dan drie metodes. En die eerste se naam is metode; en die tweede se naam is metode; en die derde se naam is metode.

So het ek met my vreeslike studietaak besluit om te doen. Ek het vooraf drie metodes vir my vasgestel met die onwrikbare voorneme om daarvan onder geen omstandighede af te wyk hetsy na die regter-, hetsy na die linkerkant toe nie.

Reël nommer een was: Vooruit en nie omkyk nie. Ek sou die oudste onderwerp die eerste aanvaar en van sy ontstaan af stap vir stap volgens stipte tydorde met hom saamgaan tot by sy jongste en uiteindelike ontwikkeling.

Reël nommer twee was: Moenie deurmekaar maak nie, en moenie deurmekaar raak nie. Ek sou die onderwerpe rangskik, een weg van die ander, en dan weer die onderdele, en onder-onderdele, van elke onderwerp, een langes die ander. My werk was vooraf uitgebaken volgens 'n heldere, netjiese, logiese patroon.

Reël nommer drie, en die belangrikste, was: Laat die werk sy eie aanmoediging bring. Elke studievak sou ek van die moeilikste kant af begin. Dit sou my natuurlik by die eerste begin geweldig swaar laat kry, maar ek sou my teësit. En dan, in plaas dat die werk, soos met die gewone ou manier, al hoe swaarder word hoe verder jy vorder, sou hy vir my al hoe makliker word vorentoe tot ek eindelik speelspeel by die end uit gehardloop kom.

Waar hierdie drie reëls, soos te verwag was, dreig om in botsing te kom met mekaar, sou ek buffers tussenin sit. Dit sou nog makliker wees, het ek gereken, om die reëls te uitoorlê as die studie waarop hulle moes toegepas word.

Volgens plan dan het ek my boeke op my rakke gerangskik. Vir elke onderwerp was daar 'n plank, en die planke het stelselmatig op mekaar gevolg, en die boeke op elke plank logies agtermekaar.

"Vroutjie," sê ek, terwyl ek my plan voor my sien verwesenlik, "daar is nie nog so 'n boekery, wat orde en metode betref, soos myne nie. Ek moes 'n bibliotekaris gewees het."

"Ja, Kerneels, jy moes baie dinge gewees het wat jy nie is nie. Wanneer sal jy klaarkry met pak en aan die werk kom?"

'n Vroumens het geen begrip van metode nie.

Die rangskikking en katalogussing het die eerste week in beslag geneem. Op die Maandag van die volgende week sou ek met die eintlike studie 'n aanvang maak, by die oudste onderwerp, die Egiptologie.

Daardie Maandagoggend het gekom, soos die manier is van Maandagoggende. Toe die brekfistafel afgedek was, en ek was net klaar om te gaan sit, en Vroutjie en die twee verliefdes om die buiteskoonheid te gaan geniet, hoor ons 'n kar stilhou. Ek loop na die deur toe.

"Wag, Kerneels," sê Vroutjie. "Bly waar jy is. Ek sal jou nie laat stoor nie. Ek sal die mense aan die gang hou en oor die weg help. Jy hou mos buitendien van nooit af van kuiergaste nie."

"Vroutjie, maar jy weet mos ek het 'n nuwe besef van verantwoordelikheid."

Vroutjie kyk vir my.

Ek gaan sit. Vroutjie en die tortelduiwe gaan buitentoe. Deur die vensters, rame oop, gordyne toe, hoor ek lag en gesels. Wat kon die mense hê om so opgeruimd oor te wees? Toe hoor ek uitspan. Die perde word heen en weer koudgelei. Jakhals sien ergens 'n vermaaklikheid om luidkeels oor te blaf. Aanhoudend, nou harder, nou sagter, kom van buite af die verstorende stemme, babbel-babbel-babbel, skater-skater-skater. Oor niks.

Wat ek ook doen, hoe ek my teësit, dis nou ten ene maal verseg of ek my gedagtes kan konsentreer op die dik boek met bladsye van hiërogliewe tussenin, wat ek voor my op die tafel oop het. Die boek was buitendien nog 'n Duitse verhandeling in hulle onnosele swart druk waar elke derde woord met 'n hoofletter begin en al die hoofletters lyk eners, en van die kleintjies moet jy kies tussen die enne en die uus, die oos en die vees, die erre en die ekse, op gevolgtrekkings uit die waarskynlike vereistes van die verband. Al was sy druk ook leesbaar, dan is Duits 'n kranksinnige omslagtige taal waarin jy nie 'n ding kan sê wat jy wil sê en kry klaar en sê weer iets anders nie. Ná die eerste uur van inspanning had ek 'n verblindende hoofpyn en nog nie die eerste begin van 'n begrip van die eerste sinsnede, wat anderhalwe bladsy beslaan het nie.

Nee, dog ek. Dis 'n soort boek hierdie waar ek môre mee moet begin wanneer daar geen storings in die rondte is om my van alle moontlikheid van gespanne aandag te ontroof nie. Intussen val dit my by dat daar oor dieselfde onderwerp 'n ligter boek is, die van Hans Rompel, *Die Land van die Farao's*. Vir my doel was hy natuurlik glad te elementêr-populêr; die boekhandelaars moet hom maar net bygesit het om die versameling volledig te maak. En om die voordeel te trek. Maar om nie my allereerste studiedag heeltemal te verkwansel nie, haal ek toe maar Hans se boek uit.

En ek het aan die studeer geraak, met 'n papierblok byderhand om aantekenings te maak. Vir die eerste maal se deurwerk van die inleidingshoofstuk het ek my vergenoeg met 'n lys van koningsname, sonder om my, op hierdie stadium, grootliks te bekommer oor die opeenvolging van die dinastieë.

Van die opgenoemde konings was daar dan, byvoorbeeld, Koefoe, die bouer van die Groot Piramide, vermoedelik so genoem na die ysterinstrument waarmee hy die rotsblokke onder die berge uitgelig het. Dan was daar Amen Em het Een. Ek onthou nie meer watter een dit was wat hy had nie. En daar was 'n reeks van sogenaamde Herderkonings, of Hieksos, bekend as geloofsgenesers van veesiektes. Ná hulle het ene arme ou drommel, Sekenen Ra, op die slagveld omgekom, sodat dit gelukkig onnodig was om sy lotgevalle verder na te spoor. Onder sy opvolgers was daar 'n verskeidenheid van min of meer eetbare Karooveldgewasse, Kamoos en Baroes. Maar toe moet daar 'n taalomwenteling plaasgegryp het, want 'n mens kom op vreemdklinkende name soos Amen-hotpe, Tehoetmoos en Hatsjepsoeit. Daar was 'n opeenvolging van Ramesese, sodat dit lyk of die dikwels ongerieflike en verwarrende gebruik van familiename in daardie dae sy oorsprong gehad het. Die volgende een, Sjesjonk, klink dus na 'n skoonseun. En sy opvolger, Osorkon, moet ook 'n vreemde avonturier gewees het. Maar ek gee nie om om aan hom te dink nie, want onmiddellik ná sy tyd kom ek in aanraking met drie ou bekendes, hoewel dit my op die oomblik ontskiet wat deur hulle uitgerig is – Sennacherib, Esarhaddon en Assoerbanipal. Was daar nie ergens in verband met hulle optree ene Adoni-Bezek ook nie?

Maar ek moenie die leser met hierdie tegniese geleerdheid verveel nie. Hy is mos nie besig om hom vir akademiese voorlesings te bekwaam nie. Ek wou hom maar net laat sien dat ek regtig 'n ernstige aanvang gemaak het en nie 'n man is wat my hand aan die ploeg slaan en dan dadelik weghardloop nie.

Ná daardie eerste hoofstuk het ek voortgegaan met die studie van Hans se boek. En voor ek wis, was ek nie meer aan 't studeer nie; ek was aan 't lees vir my plesier. Daarvandaan kon Vroutjie en haar pragtige kuiermense maar daarbuite te kere gaan; ek hoor hulle nie eens nie.

Toe dit na etenstyd se kant toe raak, kom Vroutjie voor die venster en sy skuif die gordyn opsy.

"Ouman, *Ouman*!" Ek hoor nog nie. "OUMAN!" Ek word bewus en ek kyk op. "Ouman, my ou liefste, moenie jou die eerste dag al kapot maak nie. Kom uit en gesels met die mense solank as ek die kos klaarmaak."

Hoe minder ek van daardie dag se kuiergaste sê, hoe beter. Engela en haar sesvoetsester was natuurlik weggeraak en ek moes gesels. Waaroor, bid ek jou? My gedagtes was in die land van die Farao's. Ek was ongeduldig om Hans se boek deur te studeer. Maar ná ete is die besoekers weg. Ek het hulle nie gesoebat om langer te bly nie. En toe kon ek aangaan met my werk.

Omstreeks sesuur was ek klaar met hierdie eerste deel van my taak. Toe het ek vir Vroutjie beduie ek moet nou darem 'n bietjie liggaamsoefening tussenin neem om nie muf te raak of suf nie. Wat ek eintlik voor had, was 'n uurtjie se afsondering vir grondige selfondersoek. Nadat ek verneem het dat Willem en Engela poortaf is, is ek poortop, ek en Jakhals.

Ek het dan op 'n grasplekkie gaan sit in die hoek van twee rotsmure en tot 'n ernstige diepte my posisie oorweeg. "Kyk," redeneer ek met myself, "hier loop 'n grootpad deur die kloof. Dis die verkeermiddel tussen twee distrikte, albei dig bevolk met rustelose inwoners. Môre sal hier weer mal mense deurry en oormôre weer. Met daardie troebele Duitse boek moet ek wag tot ek eers oefening gehad het in die kuns om nie my gedagtes deur buiterumoere te laat aflei nie."

En toe val dit my by van 'n eenvoudige uitweg wat darem geensins 'n versaking van my studie sou beteken nie. Die belangstellende leser sal onthou dat die uitnodiging van Stellenbosch 'n twintigtal gespesifiseerde onderwerpe behels het, maar dan byvoeg dat ek buiten die genoemdes nog ander onderwerpe van my eie keuse kon behandel. As deel van daardie verderes had ek al vooraf, op Oudtshoorn, daaraan gedink om lesings te gee oor die hedendaagse romankuns. En om my daarop voor te berei, het ek 'n ryklike versameling van allerlei romans laat bysit, maar vernaamlik van die meer afkeurenswaardige soorte, avontuur- en sensasieverhale, om dié vir die voordeel van die studente te kan bespreek met vernietigende doeltreffendheid. Hierdie werke was op die heel boonste rakke weggesit, want my aanvanklike plan was gewees om hulle eers te bestudeer nadat ek met die voorgeskryfde onderwerpe klaar was. Nou sou ek, onder die wysiging van plan wat my deur die verstorende omstandighede opgedring was, vir 'n voorbereidende aandagsoefening maar met daardie boonste rakkers begint.

Die volgende oggend het ek dan, toe alles stil was, 'n stoel op die tafel gesit om my dag se werk in die hande te kry. Omdat ek bang was vir begryplike misopvatting van Vroutjie se kant, het ek darem altyd een van die groot swaar boeke laat oop bly lê voor my op die tafel; as ek iemand hoor aankom, sit ek die kleintjie gou-gou opsy. Geen mens kan my beskuldig dat ek 'n man is wat moeilikheid soek nie.

Daardie week moes Vroutjie my elke namiddag teen sononder kom wegsleep van my werk af om my teen myself te beskerm. Snags, as die ander slaap, sit ek tot een-, twee-uur op om te studeer. As daar mense kom kuier, of met die verbygaan stilhou, lok Vroutjie hulle praat-praat verder en verder van die trem af weg.

Maar eendag moes sy my nou darem kom roep om skaamtesontwil. Dit was my toekomstige ou swaer, Willem se vader, ou Koos Kleinkruis.

"Dag, Neelsie," sê die ou; "dag, dag, Neelsie. Ek het gekom omdat ek gereken het ons moet nou darem begin nader kennis te maak, ons word mos aanstons familie."

"Neef Koos," sê ek, "daar is vier soorte swaers in die wêreld. Een wat met jou suster trou, een wat jy met sy suster trou, een wat jy en hy met twee susters trou, en een wat jou kind met sy kind trou. Wanneer hierdie knoop tussen ons, wat nou in die vooruitsig is, styf gebind is, sal ek al vier soorte hê. En ek sal vir al vier ewe lief wees."

Daarna kon ek op my dood nie aan iets dink om verder te sê nie. My gedagtes was op die skilderagtige heldin in die brandende kasteeltoring, en hoe die gawe, brawe ridderheld wat net op sy strydros oor walle en mure aangejaag kom, 'n praktiese plan sou beraam om haar te red. Ek sit dan toe maar ingedagte.

"Neef Koos," hoor ek Vroutjie fluister, "my ouman is maar snaakserig. Hy meen daar geen kwaad by nie. Maar jy weet, al die geleerde mense is maar nes hulle driekwart befoeterd is. En ons is almal baie hoogmoedig op hom."

Die ou was nie buitensporig hartelik toe hy groet om weer te ry nie. En Engela was om een of ander rede met my nukkerig. Alle vroumense is glo maar eners.

Die daaropvolgende Sondag het dit Vroutjie al haar gesag van langjarige bestendiging gekos om my van my studie weg te hou.

Maandagvoormiddag hou daar 'n motor stil.

"Môre, Mevrou," hoor ek 'n stem wat vir my onplesierig bekend klink. Ek staan op en ek loer deur 'n skrefie van die gordyn. Die wêreld word donker voor my; my knieë knak; ek moet aan die venster kosyn vang om nie in duie te dompel nie. Dis professor Smith!

"Ja, Professor, dankie, my ouman is op 'n manier fris. Maar ek begin 'n onrustige gevoel te kry. Ek word bang hy sal hom verongeluk. Hy oordryf die studie. Vir die laaste veertien dae sit hy nou dag en nag vas. Nou en dan kry ek dit reg om hom 'n oomblikkie met geweld weg te sleep, en dan vat ek sy arm en ek liefkoos hom en ek kuier met hom hier in die kloof op en af. Maar hy bly maar afgetrokke, sonder belangstelling, dof, nes ene wat aan morphia verslaaf is. Hy het geen stuk oog van bewondering meer vir die duiselige kranse nie; die smal repie blou hemel daarbo met die skitterende son in die dag en die vonkelende sterretjies in die nag, die weergalms van die ruisende waters, die kalmte en vrede en eensaamheid – al hierdie heerlikheid maak op sy siel geen beroep meer nie. Gesels skaars 'n woord met my; na wat ek sê, luister hy nie eens nie. 'Ja, Vroutjie; ja, ekskuus, wat … wat was dit nou weer wat jy gesê het?' En dan nes ek hom los, hardloop hy maar weer terug na sy boeke toe."

Ek hoop tog, dog ek, dat professor Smith haastig is om aan te ry. Waar sou sy reis heen wees? En wat kom hy hier in die Karoo maak? Ek dog hy is nog in Holland. Ag, as hy tog maar verbyjaag! As hy hier inkom en met my kom gesels oor my vordering, vind hy my hele sonde in die eerste vyf minute uit. Hom sal ek nie sand in die oë kan gooi nie. Nie dat daar iets is waaroor my gewete my hoef te knaag nie, maar hoe sal dit vir ander mense lyk?

Ek hoor die professor vir Vroutjie antwoord. "Mevrou, wees jy gerus. Moet jou glad nie ontstel nie. Ek sal jou ouman onder hande neem en hom van sy oordrywing genees. Ek kom juis hier by julle bly. Moet tog nie sê julle het nie plek nie."

"Alte seker, Professor. Jy is baie, baie welkom. En ek neem dit vir 'n besondere vrindskapsbewys dat jy eie genoeg voel om jouself te nooi."

Toe dog ek dis tyd om my te melde. Ek steek my kop by die venster uit. "Dag, professor Smith. Waarom is jy so gou terug? Wat help al die moeite en onkoste om Holland toe te gaan en dan daar halwe werk te doen? Maar jy is seker ook maar haastig, Professor; en wat my betref, ek kan my nie die tydjie gun om eens behoorlik te eet of te slaap nie. Maar kom gee my tog darem die hand voor jy verder ry."

"Kerneels," sê Vroutjie, "skaam jou oor jou onbeskoftheid. Ek het die professor genooi om hier by ons te bly en hy bly hier."

"Nou ja, Vrou, dan moet hy verlief neem wat hy kry. Dis nie aldag kermis nie en dis nie oral Holland nie."

Die professor lag. Hy het 'n ellendige manier oor hom om my nie ernstig op te neem as ek kwaad is nie. Toe ek weer sien, kom hy trem toe. Ek hoor die trap amper breek van sy gewig. Hier staan hy voor my met sy oortollige reusagtigheid en sy blink brilglase. Hy druk my hand deeg. "Wêreld, Neelsie, maar ek is bly om jou te sien."

En toe val sy oog op die swaar boek met eenkant Duits en anderkant hiërogliewe. Hy staan 'n rukkie stil en toe kyk hy rond na 'n stoel om op inmekaar te sak. En hy lag, en hy lag.

Ek kyk hom woedend aan. "Lag jou nou dood. Oor niks. Julle miesrawele spul geleerdes daar op Stellenbosch. Hoeveel doktorstitels het jy saamgebring uit Holland waar hulle opgeskeep is daarmee? Julle Stellenbosch se kastige geleerdes, julle is te vrot om julle eie werk te doen – arme, onskuldige bloedjies wat aan julle onderwys toevertrou is! – en dan soek julle ander mense om daar te kom les gee. En ek moet my verantwoordelike pligte daar voor opsy smyt. En dan wag julle nog nie tot ek klaar is nie. Julle stuur vir jou hierheen om my nog harder aan te vuur. En om te kom spioen hoe ek vorder. 'Spioeneer' moet ek sê, nè? Ek praat my taal soos ek wil en dit traak my van geen pedagoog nie. Spioen, sê ek, spioen; jy is gestuur om te kom spioen."

"Neelsie, bedaar tog, man."

"Bedaar jy. Ek sien niks om oor te lag nie maar baie om oor te huil en nog meer om oor te baklei. Lyk my jy het 'n splinternuwe malkunshumorgevoel ook in Holland opgetel."

"Neelsie, dis goed dat jy nou al kwaad word, voor jy die ergste weet. Teen die tyd wanneer jy my 'n kans gee om met my boodskap uit te kom, sal jy geen reserwes van boosheid meer oorhê nie."

"Boosheid, boosheid! ... Boosheid!! Hoeveel nog Hollanderismes hê-jy saamgebring?"

"Neelsie, my vrind, luister nou. Die universiteit wou al eerder die ongelukkige fout reggemaak het, maar hulle het gewag op my terugkoms. Hulle wis as hulle 'n ander professor stuur, skiet jy hom dood. My sal jy mos nie skiet nie."

"Ek het nou al baie lus om jou te skiet, voor ek jou boodskap gehoor het."

"Neelsie, ons is bitter jammer. Ons het jou mislei. Daar was 'n tydelike registrateur, en dis deur sy kranksinnigheid wat die hele fout gekom het. Vir een of ander doel was daar 'n lys van onderwerpe vir doktorale proefskrifte opgestel; en van onnoselheid verstaan hy sy opdrag verkeerd en hy stuur jou die lys met die versoek om daaroor te kom lesings hou. Ons bedoeling was maar net om jou te vra om met die studente te kom gesels oor een of ander alledaagse onderwerp. Deur daardie vrotsige kêrel se fout het jy nou al hierdie moeite te vergeefs gehad."

Sy oog val weer op die groot boek en hy kry die tweede maal die stuipe. In my hart val 'n nuwe ligstraal, maar ek laat dit nie merk nie. Ek staan maar vir professor Smith en suur aankyk terwyl hy van sy aanval stadig herstel.

"Neelsie, Neelsie, hierdie grap sal nog my dood kos. Maar die veertien dae se harde studie sal jou geen kwaad doen nie. Altemit sal jy ná dese nie meer so gedurig met minagting van die geleerdheid praat nie."

Ek loop ongeërg tussen hom en die tafel in. "Waar sou my vuurhoutjies nou weer wees?" vra ek. Ek haal die jongste van my studieromans stilletjies onder die groot boek uit. Toe gaan ek in 'n hoek soek na die vuurhoutjies wat ek weet wat al die tyd in my sak is, en ek steek die roman sorgvuldig weg.

Ek kom by die tafel sit en ek slaan die groot boek toe en ek skuif hom opsy met 'n mislikheid waarby daar hierdie slag geen aanstelling is nie. "Vaarwel," sê ek, "ewig vaarwel, ellendige Duits-Egiptiese geesteskweller."

Toe was dit my beurt om aan die lag te gaan, en ons twee lag saam dat die trane so uit ons oë loop. Maar die professor lag oor die groot boek en ek lag oor die kleintjie. Hulle lag vandag nog op Stellenbosch en ek lag op Oudtshoorn. Maar ek weet waaroor hulle lag en hulle weet nie waaroor ek lag nie.

"Neelsie, ek is bly dat jy so 'n sportsman is. Ons was bang jy sou ons nooit vergewe nie."

"Professor, kan jy nie my verligting verstaan nie? Jy het my onder 'n helse nagmerrie uit kom wakker maak. En daar is nog iets wat my amuseer. *Jy moet nog by Vroutjie verbykom!*"

"Wat, Kerneels?"

"Professor, ek sweer jou voor sy sal anders oor die ding voel as ek. Julle het ambisies by haar verwek. En nou kom jy dit verydel." En ek vertel hom van Vroutjie se ingenomenheid en hoogmoed.

Professor Smith word bleek.

"Ja, jong," sê ek, "jy het mos kans gesien om jou hier te kom offer vir sondebok vir Stellenbosch."

"Neelsie, my ou broer; ons twee moet die ding plooi. Luister nou. Ek het opdrag gekry, in geval jy alte onkeerbaar onstuimig sou wees, om jou met die aanbod van 'n doktorstitel af te koel. Sou dit nie by haar help nie?"

"Professor, ek sal nie hinder nie. Maar jy het jou eie stelletjie hier kom aftrap, jy moet jou eie plan maak om poot uit te trek. Wag, ek sal vir Vroutjie inroep."

Professor Smith het 'n slag met 'n vroumens, net soos ek ook maar. Net soos ons almal maar. Buiten sommige van ons met ons eie.

"Mevrou, ek het spesiaal gekom om vir Neelsie die hulde van Stellenbosch oor te bring. En as 'n geringe blykie van ons agting het ek opdrag om hom die graad van doktor in die filosofie aan te bied. Ek is gevra om jou te smeek, Mevrou, om tog jou invloed by hom te gebruik dat hy nie uit 'n oordrewe gevoel van beskeidenheid die aanbod van die hand wys nie. Ons weet dit sal 'n groter eer vir die universiteit wees as vir hom. Asseblief, Mevrou, praat mooi met hom dat hy ons nie in die gesig slaan nie."

Vroutjie kom na my toe en omhels my. "My ouman, my ouman!" sê sy en sy soen my weer en weer. "Hy sal nie sy Vroutjie se hart seermaak nie."

"Dankie, Mevrou. Ons sal jou diens nie vergeet nie. Altyd is dit maar so; die man dra die louerkranse, maar dis die vrou wat hom besiel het om hulle te verwerf... Betreffende die lesings, hoef ek maar net by te voeg, Mevrou, dat hulle natuurlik nou 'n bietjie, hoe sal ek sê, benede Neelsie se nuwe waardigheid sou wees. As self een van die universiteit se doktore, kan hy begryplikerwys nou nie meer daar kom optree in die hoedanigheid van 'n buitestaande amateur of dilettant nie. In plaas daarvan sal hy nou en dan die studente oor een of ander ekstra-akademiese onderwerp informeel kom toespreek om hulle belangstelling in algemene aangeleenthede wakker te hou."

Daar lê baie in die manier waarop 'n mens 'n ding sê.

"My ouman, my ouman!" Ek kry weer 'n heerlike paar soene. "Ek gaan vir Willem en Engela opsoek om die groot nuus aan hulle mee te deel."

"Professor," sê ek, toe sy uit is, "hoe lank het jy verlof? Neem nou eenmaal 'n behoorlike genoegsame rus."

"Neelsie, so lank as jy tyd het vir my, al was dit veertien dae."

"Maak dit 'n maand, Professor. Is dit nie heerlik hier in die poort nie? Jy kan nie so lank bly nie? Nou ja, veertien dae dan. Kom ons gaan met Herrie en ou Saul kennis maak."

"Herrie het ek van gehoor, maar wie is ou Saul?"

"Ek kan hom nie beduie nie; jy moet hom self sien. Onthou jy vir Eva?"

"Adam en Eva?"

"Nee, Eva die afvallige. Van Riebeeck se mislukking."

"Ja."

"Ou Saul is haar oudste seun. Maar kom, Professor."

By die gat water verby, met die onnosele makoue – ons het die hok verhaal daar in die rivier – wat ewig aamborstig is en darem nie uit die nattigheid wil wegbly nie, kry ons ou Saul onder 'n oorbodige skerm wat hy gemaak het vir 'n stal, besig om 'n onwillige olifant te roskam met 'n klip.

"Nee, Saul, a nee a, my genugtig. Jy sal hom velaf krap. Hy het mos nie hare nie. Hier is 'n baas wat ernstig met jou wil praat."

"Ja, Baas. Dag, Baas."

"Dis 'n baie hoë meneer, ou Saul. 'n Professor, 'n grootbaas."

"Dag, meneer Grootbasie."

"'n Hoë man, Saul; 'n soort van uithalerleraar. Jy sal moet oppas nou watter soort lelike woorde jy gebruik. Die baas is baie puntenerig oor woorde."

Professor Smith lag.

"Dammer 'n jollie grootbaas, Basie. Hy sal die arme ou tata nie so vasvat nie. En ek minder, Grootbaas; ek minder nog altyd."

"Jy het baie jare gehad om te minder, ou Saul; dit moet erg gewees het toe jy begin het. En basta vir Herrie roskam, ou Saul; sorg vir sy voer. Die grootbaasleraar is deurgery op die ysterwa, hy soek 'n safter sitplek."

So het ons dan die dae daar deurgekorswil en geterg en gelag en nes kindertjies aangegaan. Al my geleerdheid was vergeet en die professor s'n ook – en dit sê 'n hele skootjie meer. Partykeer het ons die berge deur geklim nes Taungsbobbejane en klipbokke geskiet en Jakhals was in sy grootste glorie. Eenslag het die mense van Kruisrivier vir ons weer 'n paar palings gestuur en ons het die hele Sondagnamiddag skandelik omgeslaap nes halfaamslange. Ons het die poort te voet deurgestap tot op Klaarstroom en elkeen teruggekom spog dat die ander moeg geword het.

Hoër op in die poort is daar, wanneer dit nie te droog is nie, heeltemal 'n respektabele waterval in 'n sykloof. Jy moet langes die bergwand uitklim, weg van die pad af, om by hom te kom. Daar het ons eendag almal gaan piekniek hou, tot die tortelduiwe ook, en ou Saul en Jakhals en Herrie. Asof ons hele verblyf daar in die poort nie een aanhoudende piekniek was nie – ná die verligting uit my smarte gekom het.

Met sy gewone kwaaddoenerigheid breek Herrie 'n klip teen die krans los en dit skram by ou Saul se kop verby. Die ou sê 'n vreeslike woord.

"Saul, Saul, het jy nie meer ontsag vir die leraar nie?"

"Basie, hy is 'n jollie leraar. Wou dat ek altyd hom soort gehad het. Hoor hoe lag hy; hy is nie kwaad nie. En Basie moes gehoor het die ander dag toe hom olifant op baas Leraar se voet trap."

Vroutjie steek haar gesig weg; Engela rol agteroor en skater.

"Outa Saul," sê professor Smith, "jy moenie ons hier beoordeel nie. Ons het almal ons ernstige ampte agtergelaat."

"En ons gevoel van verantwoordelikheid," sê ek.

"Ja, Ouman, en ek hou meer van jou in jou natuurlike staat. Jou strewe na geleerdheid het net jou humeur bederwe, soos hy dan was, sonder om jou verstand te verbeter. Professor, jy het ons 'n baie groot weldaad bewys met jou koms. My ou man het my weer liefgekry. Ek kan maar nie sonder sy glimlag klaarkom nie. Ek is partykeer halfkwaaierig ..."

Half-kwaaierig! dog ek ...

"Effentjies streng met hom, want hy het dit nodig, my ou grysaardbaba."

"Professor ..."

"Ja, juffrou Engela ..."

"Nie juffrou nie ..."

"Hoe noem Willem jou?"

"Traak geen mens nie."

"Ja, Engeltjie ..."

"Engela."

"Ja, Engela?"

"Professor, waarheentoe ..."

"*Waarnatoe* of *waarheen* ..."

"Professor, waarnatoe of waarheen lei die geleerdheid?"

"Juffrou Engeltjie, as hy maar daarheen – of hoe sê 'n mens, daarheentoe? – as hy maar daarheentoe lei, tot die geluk en vrede en liefde wat ons almal hier in die poort gevind het, dan lei hy tot wysheid. Daarna – daarheentoe, meen ek – streef hy al duisende jare, maar hy is nog baie ver van sy bestemming. Die wêreld is nog vol dwaasheid, vol haat en onrus en ellende; en ons wat met die geleerdheid werk, al lyk dit ook of sommige van ons, soos ek met my woordewetenskap, op ydele sypaaie gaan, almal van ons doen ons werkie om die geluk van die wêreld te vermeerder en sy ellende te versag. Want dis maar die gees wat regeer. Deur die geleerdheid van die verlede, hoe ver hy ook kortgekom het, die geleerdheid van die handjie volle onder die magdomme van ongeleerdes, is dit dat ons nie vandag nog woeste wildes is nie."

"Die grootbaas," sê ou Saul, "hy mag 'n jollie leraar wees, maar ekke sweer hy kan dammer preek."

Alte gou het dit tyd geword om ons piekniekgoedjies op te pak om terug te loop, poortaf, na ons vaste staanplek en herberg in die trem. Ure gelede al het die son weggeraak oor die kranse aan die oorkant; selfs in die hartjie van die somer is die skaduwees lank en laat-vroeg en vroeg-laat daar in die poort. Die dalende dag het ons almal se hartjies met 'n gevoel van soete weemoed vervul. Want dis nie die hoogste geluk wat nie sy uurtjie van stille diepte het nie. Daar is 'n glimlag wat deur trane straal; daar kom ook 'n traan uit die gloed van saligheid.

Gemoedelik onderbreek die professor ons stilte. "Mevrou, sal ons groepie ooit weer hier bymekaar sit aan die voet van die waterval?"

Lenie antwoord hom met 'n sug.

"Pappa," sê Engela, "daardie verhaal van ons vorige verblyf hier in die poort, onthou Pappa? – Pappa het hom mos gesluit met 'n afskeidswoord van begeerte en hartseer – begeerte vir 'n herhaling en hartseer oor die ouderdom wat dit miskien onmoontlik sou maak. Die opskrif het nog daardie verspotte woordspeling: 'Agt-en-taggentag maar og, tog nog 'n tog.' Sal ek die versies opsê wat nie in die vorige boek ingekom het nie?" En toe resiteer sy dit:

Die smag van die grysaard

"Agt-en-taggentag,
maar og, tog nog 'n tog?"
Op hierdie lewensdag,
het jy 'n hart wat nog
die ou tog t'rug begeer?
Ou vriend, nee – daardie tog
die ry jy nimmer weer.

"Agt-en-taggentag,
waar's my ou dae tog?"
Op hierdie lewensdag,
het jy 'n hart wat nog
ou dae t'rug begeer?
Ou vriend, jy't een ou dag,
maar ou dae nooit weer.

"Agt-en-taggentag,
waar's my ou vriende tog?"
Op hierdie lewensdag,
het jy 'n hart wat nog
ou vriende t'rug begeer?
Ou vriend, uit hulle nag
kom hulle nooit nie weer.

Agt-en-taggentag,
maar og, tog nog 'n tog!
Ou vriend, jou lewensdag
het maar een uurtjie nog –
Jy hoef nie lank te wag,
en dan … kom nog 'n tog …
wat weglei in die nag.

Agt-en taggentag,
ja tog, daar's nog 'n tog,
wat weglei deur die nag –
wie weet hy bring jou nog
waar jou ou dae wag,
waar jou óu vriende wag,
wat weg is in die nag.

En daar, op die piekniekplekkie, aan die voet van die ontsagwekkende bergkranse, en met die dreun van die stortende water in ons ore, en sy koele, frisse, reine heerlikheid in ons gesig, met niks as skoonheid en soetheid vir ons laaste herinnering, daar sal ons nou afskeid neem van ons stille, ongesiene, maar altyd aanwesige en aan alles deelnemende metgesel, die vriendelike leser.